퍼펙트 마이스터

퍼펙트 마이스터 ❷

지은이 | 서야
펴낸이 | 권순남
펴낸곳 | (주)마야 · 마루출판사

등록 | 2008. 1. 7(제310-2008-00001호)

초판 인쇄 | 2016. 3. 28
초판 발행 | 2016. 3. 30

주소 | 서울시 노원구 상계 1동 1049-25 신영산업 BD 602호
대표전화 | 02-2091-0291
팩스 | 02-2091-0290
이메일 | marubooks@hanmail.net

ISBN | 978-89-280-6918-7(세트) / 978-89-280-6920-0
정가 | 8,000원

잘못된 책은 교환하여 드립니다.
저자와 협의하여 인지를 붙이지 않습니다.

「이 도서의 국립중앙도서관 출판시도서목록(CIP)은 서지정보유통지원시스템 홈페이지(http://seoji.nl.go.kr)와 국가자료공동목록시스템(http://www.nl.go.kr/kolisnet)에서 이용하실 수 있습니다.」
(CIP제어번호:CIP2016007538)

퍼펙트 마야스터

MAYA & MARU MODERN FANTASY STORY
서야 현대 판타지 장편소설

②

※목차※

제1장. 아라비아의 보물 …007

제2장. 수상한 전입생 …045

제3장. 수상한 이사장님 …077

제4장. 적과 도를 아십니까 …107

제5장. 사업, 그리고 왕자, 청와대 …143

제6장. 신물, 그리고 미래 예측 …173

제7장. 신 김춘추의 이름 …207

제8장. 사업, 그 걸음걸음 …239

제9장. 판테온, 그 뜻밖의 출현 …271

외전 …287

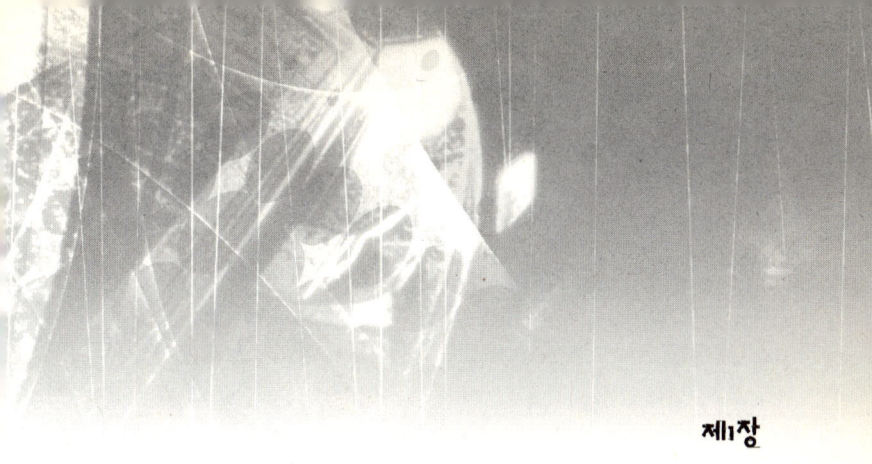

제1장

아라비아의 보물

www.mayabook.co.kr

www.mayabook.co.kr

룹알할리 사막(아랍어: الربع الخالي Rub' al hali[*])은 아라비아 반도 남부에 펼쳐진 거대한 사막이다.

사하라 사막에 이어 세계에서 두 번째로 넓은 사막으로서 예멘, 오만, 아랍에미리트의 일부를 포함하며 주로 사우디아라비아 남동부의 구조 분지에 자리 잡고 있었다.

사람이 살지 않아 거의 개척되지 않다가 1975년에 세계에서 제일 큰 유전이 발견된 곳이기도 했다.

이 유전의 발견은 해당 국가들의 비약적인 발전을 가져다주었다.

더구나 1975년엔 석유 값이 4배 이상 뛰어오른 덕분에 사우디아라비아는 1976년 세계 최고의 석유 생산국의 지위를 얻게 되었다.

그로 인해서 사우디아라비아 칼리드 왕 치세 때는 사회 및 경제 발전이 급격히 이루어졌다.

석유로 인한 부는 국가 인프라 및 교육 시스템에 집중 투자되기 시작하였고 이는 대한민국에게까지 그 수혜가 떨어졌다.

대한민국은 사우디아라비아의 원유 수입 국가이면서 동시에 기획전문가, 의료단, 어업기술자 등을 파견하여 기술 협력을 제공하였으며, 점차로 건설 공사 수주를 대형화해서 기술 집약적으로 고도화했다.

대한민국 총건설의 수출 80퍼센트가 사우디아라비아에서 이뤄졌다.

그런 만큼 사우디아라비아에서 한국인들을 보는 것은 그리 어렵지 않았다.

하지만 이들, 한국인들이 사우디아라비아의 왕족을 알현하는 것은 극히 드물었다.

그런데 상당히 앳되어 보이는 동양인 청년이 룹알할리 사막에 있는 석유 시추 현장을 시찰 나가는 10여 대의 고급 승용차의 행렬에 한 자리를 차지하고 있었다.

단순히 그는 한자리를 차지하고 있는 정도가 아니었다.

현 통치자인 칼리사 왕의 조카이자 이 행렬의 최고 우두머리인 무함마드 핀 지예프 압둘아지즈 왕자의 바로 옆자리에 앉아 있었다.

무함마드 왕자의 최측근들을 빼고는 아무도 그 청년의 정체를 정확하게 알지 못했다.

오늘 출발 전 동양인 한 명이 왕자와 동석할 것이란 지시 밖에는 경호원들도 듣지 못했기 때문이다.

그래서 그런지 왕자를 수행하는 일행들의 얼굴에는 긴장의 빛이 서려 있음과 동시에, 그 청년이 만약 허튼짓을 할 기색이라도 있으면 그 즉시 청년을 제압할 자신감과 기백이 그들에게 서려 있었다.

이들이 이렇게 긴장할 수밖에 없는 것도 어찌 보면 당연했다.

1975년 3대 파이잘 국왕이 조카 파이살 왕자에게 시해를 당했으니.

그 누구도 안심하고 믿을 수 없기는 마찬가지였다.

그렇다고 해서 무함마드 왕자를 수행하는 대부분의 수행원들은, 왕자의 옆자리에 앉아 있는 동양인에 대해 딱히 궁금해하지는 않았다.

수행원의 역할이란 위치에 충실할 뿐이었다.

하지만 딱 한 사람.

왕자의 지시에 뭔가 불만이 있는 듯한 표정을 짓고 있는 사람이 있었다.

맨 뒤에서 달리고 있는 차량 안의 3명의 수행원.

그중에서 뱀의 눈처럼 길게 찢어지고 유독 다른 동료들보다 더 까무잡잡한 피부의 소유자인 로사드였다.

경호원으로 뽑혀 이 일을 시작한 지는 아직 3개월이 채 되지 않은 신입이었다.

"언제까지 저자와 동행해야 하는 겁니까?"

무함마드 왕자의 경호원인 로사드가 자신의 사수이자 상관인 사와디에게 낮게 속삭이면서 눈은 여전히 전방을 주시하고 있었다.

"쓸데없는 관심은 끄지."

평소 사람 좋다는 평을 받고 있는 사와디였지만 로사드의 질문에 그는 딱 잘라 경고했다.

"……."

로사드는 사와디 말에 더는 대꾸를 하지 못했다.

하지만 그의 뱀 같은 눈에서 쏟아져 나오는 눈빛은 더욱 강렬해졌다.

사와디가 이를 눈치챌 리는 만무했다.

사와디는 자신의 손에 들린 무전기의 교신과 좌우 경계에 온 신경을 쏟고 있었으니.

한참 후…

"의외네."

로사드는 뭔가 골똘히 생각하다가 지나가는 말처럼 혼자 중얼거렸다.

하지만 그의 말은 차 안에 있는 사람이라면 모두가 들을 수 있는 정도였다.

"뭐가 의외라는 거지?"

로사드 바로 옆, 조수석에 앉아 있던 야셰르가 호기심 어린 얼굴로 로사드를 쳐다보았다.

로사드가 경호팀에 들어온 지는 3개월이 채 되지 않았지만 제법 눈치도 빠르고 행동도 잽쌌기 때문에 야셰르는 그에게 좋은 평가를 하고 있었다.

"아, 아닙니다."

로사드는 정색을 하면서 뒷자리에 앉아 있는 사와디의 눈치를 살피면서 대답했다.

"우리끼리 있는데 뭐 어때."

야셰르가 그런 로사드에게 웃으면서 말했다.

평소 호기심 많은 야셰르다웠다.

그 역시 새로운 일행이 갑작스럽게 낀 것에 대해서 의아함을 가졌었다.

하지만 수행원으로서 쓸데없는 호기심은 버리라는 교육을 받았기에 이내 그 생각을 머리에서 지웠다.

하지만 평소 정보와 눈치가 빠른 로사드라면 필시 무언가 더 아는 게 있을 것이란 생각이 드니 야셰르의 호기심이 솟구쳐 올랐다.

"저자에 대해서 아는 게 있나?"

야셰르가 재차 질문을 했다.

로사드는 룸미러를 통해서 사와디의 눈치를 살피는 시늉을 했다.

"사와디, 네가 허락해야 이 녀석이 입을 열겠다."

야셰르가 웃으면서 뒷좌석을 향해 한마디 던졌다.

"쓸데없는……."

사와디는 머리를 저었다.

그의 눈에는 로사드나 야셰르의 행동이 과하게 비쳐졌다. 그들은 임무에만 충실하면 그만이었다.

무함마드 왕자의 옆자리를 차지하고 있는 자가 누구이든, 그자에 대한 조사는 자신들의 몫이 아닌 또 다른 직위에 있는 자들의 몫이니깐.

"……."

사와디의 말에 로사드는 군기가 바짝 든 표정으로 운전에만 신경 쓰는 척했다.

"쩝."

하지만 제대로 호기심이 생겨 버린 야셰르는 무언가 아쉽다는 표정이 역력했다.

"사와디, 너는 왕자님 옆에 있는 자가 누군지 알아?"

"몰라."

사와디는 친구인 야셰르의 호기심에 졌다는 듯이 살짝 웃으면서 고개를 저었다.

그조차 오늘 아침, 출발 전에 지시 사항만 들었을 뿐이니.

"에이……."

야셰르는 그러면 그렇지, 하면서 곁눈질로 운전에 집중하고 있는 로사드를 보았다.

로사드 역시 야셰르가 쏘는 무언의 눈빛을 읽었는지 뒷좌석에 앉아 있는, 사와디의 눈치를 보면서 낮게 중얼거렸다.

"인부 같습니다."

"인부?"

야셰르가 로사드에게 되물었다.

사와디조차 로사드의 말에 호기심 어린 표정을 지었다.

저 어리고 앳된 동양인 청년이 인부라니.

동양인 인부, 그들이 누구일지는 뻔했다.

지금 사우디아라비아에서는 한국 등의 동양에서 온 자들이 도로, 항만 등의 건설 공사에 참여하고 있었으니깐.

하지만 그런 자가 어떻게 왕자의 옆자리에 버젓이 앉아 있을 수가 있는가.

"사와디 님만은 알고 계실 줄 알았는데……."

로사드는 뻔히 상관인 사와디가 모른다는 것을 알고 있었다.

하지만 짐짓 놀란 표정을 지었다.

순간 사와디는 당혹스런 표정을 지었다.

그의 위치에서 왕자의 일행이 누구인지 알 수 없는 것은 당연했다.

하지만 자신의 휘하에 있는 로사드의 얼굴에 살짝 실망의 표정이 비치는 것을 눈치채고는 왠지 민망스러워졌다.

"어떻게 인부란 자가 왕족에게 접근할 수 있었던 거지?"

야셰르는 사와디의 얼굴을 한 번 쳐다보고는 이내 로사드에게 질문을 던졌다.

"저야 모르죠."

로사드가 고개를 저으면서 말했다.

"그러지 말고 아는 대로 털어놔."

야셰르가 눈을 반짝이면서 말했다.

로사드는 사와디의 기분이 좋지 않다고 여겼는지 야셰르의 질문에도 불구하고 입을 다물었다.

그러자 야셰르가 사와디에게 눈치를 주었다.

"으흠, 말해도 돼."

사와디가 짐짓 민망한 표정을 지으면서 말했다.

"자네 상관이 허락하잖나."

야셰르가 킥킥 웃으면서 로사드에게 말했다.

"저, 그게……."

로사드는 일부러 질질 끌었다.

순간 야셰르, 사와디의 시선이 로사드에게 향했다.

이것이 로사드가 노린 한 수.

"저자 입장에서야 왕족과 친해지고 싶은 건 당연하지 않을까요? 저는 저런 자를 왕자님이 가까이 하시는 이유가 무엇인지……."

로사드는 뱀의 혀처럼 교묘하게 야셰르가 질문한 요점을 동양인 청년에서 무함마드 왕자에게로 옮겼다.

"왕자께서 평소 호기심이 너무 많은 게 문제군."

사와디는 알 것 같다는 식으로 고개를 끄덕였다.

그는 비록 2급 경호원이었지만 무함마드 왕자를 오래 모신 이였기 때문이다.

무함마드 왕자는 어렸을 때부터 새로운 것에 대한 호기심 관심이 높았다.

그리고 그 관심은 실제로 행동으로 이어지곤 했다.

그런 이유로 왕자의 어머니는 늘 자신의 아들을 물가에 내놓은 아이 같다고 표현하곤 했었다.

"아……."

로사드는 사와디의 말에 고개를 끄덕였다.

사와디는 로사드의 반응에 빙그레 미소를 짓고는 행렬의 앞부분을 곁눈질했다.

그의 눈썹이 살짝 찌푸려졌다.

하지만 이내 그는 정색하고는 로사드에게 한마디 했다.

"왕자님이 인부를 가까이 부르셨다면 분명 배울 게 있어서겠지. 그렇다는 건 저 인부라는 작자도 예사 인물은 아닐 터, 더 이상 저자에게 신경 끄고 주변을 경계해."

"……."

단호한 사와디의 말에 로사드는 더는 대꾸하지 않았다.

"워, 워, 로사드를 너무 꾸짖지 말라고. 아직 핵심은 말하지 않았네."

야셰르가 중간에 끼어 사와디의 말을 가로챘다.

"뭐가?"

사와디는 야셰르의 뒤통수를 노려보면서 말했다.

"저 인부가 어떻게 왕자의 옆자리에 앉게 되었는지 말이야."

"그거야 왕자님께서……."

"사와디, 그건 자네 말이고. 나는 로사드가 알게 된 정보를 원하는 거야."

야셰르가 운전석에 앉아 있는 로사드를 쳐다보면서 말했다.

"아……."

사와디는 순간 무안해졌다.

그의 부하인 로사드의 얼굴에도 난처한 표정이 떠올랐다.

하지만 그것은 단지 사와디와 야셰르 눈에만 그리 비쳤을 뿐…….

'지금쯤이면 서서히 효과가 나타나야 하는데.'

로사드가 그들에게 말을 건 이유는 딱 하나, 그들의 인지 능력을 테스트하기 위해서였다.

사와디의 말투가 지금까지 제대로 평소와 다를 바 없는 것으로 보아서 약 효과가 아직 나타나고 있지 않은 듯했다.

로사드는 긴장감에 아랫입술을 꽉 깨물었다.

3개월간의 인내.

오늘 이 사건 하나를 터트리기 위해서 그는 3개월간 이들의 말단 부하로서 신뢰를 얻기 위해 각고의 노력을 하지 않았던가.

이 계획은 마치 퍼즐 같아서 각자 역할에 하나라도 어긋나면 실패할 확률이 높았다.

하지만 성공하면…….

로사드는 머리를 한 번 세차게 흔들고는 성공 뒤에 올 달콤한 보상만을 떠올리면서 애써 자신에게 몰려오는 불안감을 떨쳤다.

하지만 오늘 새벽 갑자기 탑승하게 된 왕자의 친우라는 어린 녀석이 자꾸 눈앞에 어른거렸다.

이제 26살이 되는 무함마드 왕자는 측근들의 걱정은 아랑곳하지 않고 자신보다 한참 어리게 보이는 동양인 청년과의 대화에 여념이 없었다.

만약 측근들이 그들의 대화를 엿들을 수 있다면 또 한 번

놀랄 게 분명했다.

두 사람은 나이와 국적을 초월해서 친한 형제처럼 스스럼없이 대화를 하고 있으니.

"유전이 개발된 지도 벌써 10년이 되었는데 아직도 그게 있을까?"

무함마드 왕자가 제 옆에 있는 청년에게 질문을 했다.

그의 말에는 다소 회의적인 느낌이 스며들어 있었다.

"있기를 바라야지요."

앳된 얼굴의 청년, 이제 막 18살이 된 김춘추가 무덤덤한 표정으로 대답했다.

"내기, 잊지 않았지?"

무함마드 왕자의 얼굴에서 개구쟁이 아이 같은 표정이 서렸다.

"잊으신 줄 알았는데요?"

김춘추는 되레 그런 왕자를 놀리듯이 말했다.

"만약 그게 있다면 8 대 2 잊지 마."

왕자가 숫자를 강조했다.

"세계 부호로 손꼽히는 사우디아라비아의 왕족이 욕심이 너무 많은 거 아닙니까?"

김춘추가 항의하듯이 대답했다.

"우리 땅에 있는 거니깐."

무함마드 왕자가 당연하다는 듯이, 약간은 김춘추를 놀

리듯이 말했다.

"예, 예, 아무렴 그러시겠죠."

김춘추가 약간 한숨 섞인 어조로 대답했다.

하지만 그의 표정에서 그다지 아쉬운 느낌은 없었다.

"2라고 해도 그게 존재한다면 아주 크게 내주는 거지."

무함마드 왕자는 큰 선심을 쓴다는 듯한 표정을 지었다.

"얼마나 있는 줄도 모르는데……."

김춘추가 억울하다는 듯한 표정을 지으면서 말했다.

"상당히 있지 않을까?"

무함마드 왕자가 살짝 김춘추를 놀리는 듯이 말을 이어 나갔다.

"첫째, 자네가 나에게 내 나라로 들어갈 수 있게 손 좀 써 달라고 부탁한 점."

"첫째가 있으니 두 번째가 있겠군요."

김춘추가 왕자의 말을 기다리면서 고개를 끄덕였다.

"둘째, 사우디에 들어온 지 일주일이 지났는데도 이곳으로 오지 못했다는 점."

그렇게 말하는 왕자의 얼굴에는 기고만장한 빛이 스쳐 지나갔다.

"그럴듯한데요."

"사실 세 번째도 있네. 이미 자네가 털어놓았다시피 그것이 상당하기 때문에 자네가 자존심도 꺾고 나에게 그것의 애기를 해 준 게 아닐까? 쉽게 포기할 만한 거였다면 벌써 돌아갔겠지."

"딩동댕~ 하고 외쳐 드려야겠네요."

김춘추가 빙그레 웃으면서 말했다.

"그런 이유로 8 대 2라네. 너무 억울해하지 말게."

무함마드 왕자가 득의양양한 표정을 지었다.

"글쎄요, 영국에서 일주일 만에 제 뒤를 쫓아온 분이 할 말은 아닌 것 같은데요?"

김춘추가 무함마드 왕자의 얼굴을 보면서 말했다.

"뭐, 호기심이 좀 일었지."

무함마드 왕자가 고개를 끄덕이면서 수긍했다.

그는 자신의 옆자리에 앉아 있는 친우를 바라보았다.

무함마드 왕자가 영국 유학 중에 있었던 가장 소중한 일이라면 김춘추를 만난 일이었다.

무한한 매력을 가진 존재, 김춘추였다.

그리고 그가 지금 발굴하려고 하는 그것의 존재가 몹시 궁금해졌다.

과연 '그것'이란 무엇일까?

아니, 무엇이 김춘추의 열정을 저토록 부추길까?

무함마드 왕자는 뭔가 생각에 잠긴 듯한 김춘추를 바라보면서 진심으로 호기심 어린 눈으로 그를 찬찬히 바라보았다.

그와 웃고 농담하듯이 그것을 8 대 2으로 나눠 갖겠다고 했지만, 사실 왕자 자신도 그것이 무엇인지 모른다.

단순히 공붓벌레인 줄 알았던 친우가 갑자기 자신의 나라로 들어가게 손을 써 달라는 청을 하자 깜짝 놀랐었다.

게다가 평소 그의 성격으로는 누군가에게 부탁을 할 위인이 전혀 아니었기 때문이다.

제대로 무함마드 왕자의 호기심에 불을 지폈다.

그런저런 이유로 그는 김춘추를 쫓아 제 나라로 급히 들어온 것이었다.

"무슨 생각을 그리해?"

무함마드 왕자가 김춘추의 얼굴을 빤히 보면서 물었다.

"생각이 아닌데······."

김춘추의 말끝이 흐려졌다.

게다가 그의 표정은 한층 진지해졌다. 무언가 골똘히 집중하는 표정을 지어 보이면서.

"생각이 아니라고?"

왕자는 의아한 표정을 지었다.

"목적지까지는 얼마나 남았지?"

김춘추는 왕자가 아닌 운전기사에게 말을 걸었다.

"이 속도라면 약 30분 남았습니다."

"음······."

김춘추의 입에서 신음 소리가 흘러나왔다.

무함마드 왕자는 갑작스런 친우의 행동에 의아한 빛을 띠었다.

"제가 6이고 왕자님이 4입니다."

김춘추가 왕자를 바라보면서 말했다.

"무슨 소린지 전혀 알아들을 수가 없네. 지금 자네의 행동으로 봐서는……."

"함정에 빠진 것 같습니다."

"함정?"

무함마드 왕자의 얼굴에 놀란 빛이 스쳤다.

하지만 이내 그는 침착하게 말했다.

"지금 우리는 우리 외에도 9대의 차량과 함께 이곳을 질주하고 있네. 무슨 일이 있었다면 벌써 연락이 왔겠지."

"글쎄요."

김춘추가 단호하게 고개를 저었다.

그는 느낄 수 있었다.

그 오랜 세월을 살아오며 오감과 함께 육감도 발달하게 됐다.

덕분에 그는 뭔가, 일반적인 것과 다른 일이 자신의 주변에서 벌어지려 할 때엔 그 징조를 느낄 수 있었다.

지금처럼 말이다.

그의 사지에 있는 숨구멍 하나하나가 예민하게 벌어지고 있었다.

안 좋다.

김춘추는 사방을 둘러보았다.

황량한 사막에 펼쳐진 끝없는 회색빛 도로.

이 도로의 목적지는 단 한 곳.

석유 시추 현장이었다.

그곳에서 어떤 일이 벌어지는 것은 애초에 불가능했다.

그렇다면 답은 하나.

김춘추는 무함마드 왕자의 얼굴을 쳐다보았다.

"원수진 일 있습니까?"

"원수진 일? 왕족이니 살아온 역사만큼 많겠지."

왕자가 고개를 끄덕이면서 대답했다.

그는 김춘추의 말을 심각하게 듣고 있지 않았다.

절대 권력의 왕족 일원으로서 죽음의 위협을 늘 느끼지 않는다면 거짓말일 것이다.

하지만 이곳에서?

황량하게 뚫린…

아무것도 없는 이 사막에서…

무엇이 왕자를 위협하겠는가?

물론 권력 중앙부인 수다이지 가문의 일원으로서 가문을 끝없이 위협하는 다른 가문들.

그리고 수다이지 가문 내에서도 끝없는 암투와 권력 투쟁 속에서 무함마드 왕자도 자유롭지는 않다.

그의 아버지가 수다이지 세븐 중 네 번째이기에 더욱 신변 보호에 만전을 기해야 했다.

수다이지 세븐이란 건국왕의 수다이지 가문 왕비가 낳은 일곱 아들이란 뜻으로, 왕국에서는 가장 큰 영향력을 발휘하는 자식들이기도 했다.

그런 만큼 늘 권력의 투쟁에서 몸을 지키는 법을 배우면서 자라온 무함마드 왕자였다.

하지만 이런 피비린내 나는 권력 투쟁의 모습을 친우에게 보여 주기 싫은 것은 사실이었다.

무함마드 왕자의 안색이 급격하게 굳어져 갔다.

"사막에서 무슨 일이 있겠는가."

왕자는 단호한 어조로 말했다.

"사막이 무슨 일을 벌이지는 않죠."

김춘추가 고개를 저으면서 말했다.

"그럼 뭔가?"

예상외의 답변인지라 왕자가 살짝 호기심 어린 눈빛을 띠면서 물었다.

"항상 사람이 문제죠."

김춘추가 당연하다는 식으로 대답했다.

"이들은 아니네."

왕자는 인정할 수 없다는 표정을 지어 보이면서 단호하게 대답했다.

그가 그럴 수밖에 없는 이유는 딱 하나.

지금 김춘추는 자신의 수행원들 중 자신을 위협하는 자가 있을 것이라고 경고하고 있었다.

하지만 오늘 석유 시찰을 나가는 데 동행한 수행원들은 왕자가 어릴 때부터 오랫동안 알아온 이들이 많았다.

이제 들어온 신참들보다는.

물론 그 신참 몇 명은 새로 온 인물들이었지만.

그리고 신참들이 못 미덥다고 해도 오랜 경력의, 자신의 수족과 다름없는 노련한 경호원들이 있으니 그들을 제압하는 건 시간문제일 것이다.

무함마드 왕자는 자신의 경호원들이 갖고 있는 실력을 확고하게 믿었다.

김춘추는 왕자의 말에 반박하지 않았다.

그의 온 신경은 앞으로 벌어질 일이 무엇인지 생각하는 데 집중하고 있었다.

하지만 김춘추가 생각하는 시간은 그리 오래가지 않았다.

끼이이이익.

끼이이이익!

쿠웅.

쿠우우웅!

쾅!

맨 앞차가 갑작스럽게 서자 뒤차들도 잇따라 급브레이

크를 밟았다.

 시속 80여 킬로미터 속도로 달리던 차들은 제 속도를 이기지 못하고 앞차의 범퍼를 들이받았다.

 이 모든 일이 너무도 순식간에, 예고도 없이 일어난 일이었다.

 차에 탔던 수행원들 중 절반 이상은 급작스러운 제동으로 정신을 잃거나 부상을 입었다.

 다행히도 김춘추와 왕자는 행렬 후미에 가깝게 있은 덕분에 차량들의 잇따른 추돌 사고로 인한 충격을 그나마 덜 받았다.

 벌컥.

 김춘추는 이미 문을 열고 차 밖으로 나서고 있었다.

 그는 자신뿐 아니라 차 안에서 멍하게 있는 왕자를 재빠르게 끄집어냈다.

 "걱정 말게."

 왕자는 그 와중에도 제 나라의 자존심상, 당황한 게 역력한 표정임에도 불구하고 친우에게 허세를 부리듯 말했다.

 "……."

 김춘추는 왕자의 말에 고개를 저으면서 턱으로 앞쪽과 뒤쪽을 가리켰다.

 왕자는 의아한 표정으로 시선을 따라 눈동자를 움직였다.

 대부분의 수행원들이 갑작스러운 추돌 사고로 인한 충격

으로 아직 차량 안에 있었다.

아니, 그렇다고 해도 훈련받은 경호원들조차 차 안에서 신음하거나 의식을 잃고 있다는 것이 사실 말이 안 되었다.

다행히 선두 차량에서 두 명의 경호원, 그리고 그들의 제일 후미에서 따라오던 차량에서 한 명의 경호원이 차에서 내렸다.

하지만 그들의 눈빛은 절대 왕자를 수행하기 위해서 나온 경호원의 눈빛, 그것이 아니었다.

마치 이 모든 일이 일어나기를 기다리기라도 한 것 같은 눈빛이었다.

"왕자님, 괜찮으십니까?"

제일 후미 차량에 있던 경호원, 로사드가 왕자에게 소리쳤다.

하지만 말과는 달리 그의 눈은 뱀처럼 사악하게 번뜩였다.

무함마드 왕자는 그나마 경호원 셋이 멀쩡하게 나타나자 다행이라는 식으로 고개를 끄덕였다.

"왕자님은 괜찮으시다."

왕자와 김춘추를 뒤따라 나왔던 왕자의 전속 기사가 로사드에게 대신 대답했다.

하지만 그럴수록 김춘추의 눈빛은 더욱 어두워져 갔다.

로사드의 뱀같이 번뜩이는 눈빛을 김춘추가 놓칠 리 만

무했다.

더구나 가뜩이나 온몸에서 보내는 위험 신호에 예민해질 대로 예민해진 그였다.

'좋지 않군.'

김춘추는 이 모든 일이 계획된 것임을 순간 깨달았다.

왕자가 이 자리에 이대로 있다간 살아 나가기는 글렀다.

아니, 그 자신조차 말이다.

다른 경호원들은 어떻게 된 일일까?

안 봐도 뻔했다.

틀림없이 이 차를 타기 전에 다른 방법으로, 일차적으로 손을 썼을 것이었다.

약을 먹이든, 독을 쓰든.

그 효과가 사막 횡단 중에 갑자기 일어나도록 손을 썼을 것이다.

맨 앞 차량이 갑작스럽게 서게 된 것은 결코 우연이 아니었다.

그 뒤 차량들 역시 마찬가지였다.

노련한 베테랑 운전기사들과 경호원들조차 거의 무방비 상태로 이지를 잃고 쓰러졌을 게 뻔했다.

'좋지 않군.'

김춘추는 실눈을 뜨고 자신들에게 다가오는 세 경호원을 조용히 살펴보았다.

"다행입니다."

로사드는 그렇게 말하면서 앞쪽에 서 있던 두 명의 수행원에게 눈짓을 했다.

김춘추는 그 순간 그 눈짓을 알아차렸다.

'저자가 보스군.'

그는 아랫입술을 깨물었다.

로사드의 눈짓에 앞 차량에서 나왔던 수행원들의 표정이 더욱 결연해져 있었다.

그것만 봐도 확실히 지금 이 현장을 지휘하고 있는 것은 저 녀석이었다.

김춘추의 머릿속은 재빠르게 회전되고 있었다.

"왕자님은 안에서 기다리시지요. 제가 경호원들과 대충 이 현장을 수습하겠습니다."

김춘추가 건조한 어조로 말했다.

'……?'

왕자는 김춘추의 말에 의외라는 식으로 고개를 까닥였다.

평소 김춘추는 아무리 친우라고 해도 긴말을 하는 타입이 아니었다.

그리고 김춘추의 최대 장단점이라고 손꼽히는 한 가지, 바로 쓸데없이 움직이거나 나서는 것을 무척 싫어했다.

그런 그가 지금 자신보고는 가만히 차 안에서 있으란다.

그런데 왜?

갑자기 이토록 친절해졌을까?

틱.

김춘추는 왕자의 시선을 느꼈는지 자신의 손가락으로 턱을 가볍게 튕겼다.

다행히 무함마드 왕자는 김춘추의 그 사인을 놓치지 않았다.

평소 학교에서 친우들끼리 사용하는 암호 같은 것이었다.

특히 지금 사인은 한 학우나 교수가 기분이 좋지 않거나 할 때 다른 학우들에게 주는 일종의 경고 신호였다.

왕자의 얼굴이 급속도로 굳어져 갔다.

'이런, 너무 티 나는걸.'

김춘추는 왕자에게 신호를 준 것을 이내 후회했다.

애초 김춘추의 계획은 왕자가 차에 타는 동시에 함께 차를 타고 미친 듯이 달려 이곳을 벗어나는 것이었다.

사고 현장을 수습한다는 말은 처음부터 페이크에 불과했다.

왕자를 살리려는 이유는 딱 한 가지.

자신만 살아서 돌아간다면 그 후폭풍은 안 봐도 뻔하기 때문이다.

뭐, 친우를 죽음의 현장에 놔두고 도망치는 것도 뻘쭘한 일이긴 했다.

어쨌든 김춘추는 왕자의 표정을 보고 다시 한 번 수신호를 했다.

 자신의 팔에 손가락을 살짝 갖다 댐으로써 네가 먼저 상대에게 말을 시키라는 뜻의 신호였다.

 물론 학교에서 그 사인은 교수의 질문에 먼저 네가 대답하라는, 학우들 간의 무언의 사인이었지만.

 김춘추는 그것을 이용해서 자신에게 쏠리는 시선마저 왕자에게로 집중시키려고 했다.

 다행히 이번에도 왕자는 김춘추의 사인을 이해했다.

 그는 김춘추가 시키는 대로 로사드에게 입을 열었다.

 "사와디는 어떻게 됐지?"

 "글쎄, 마지막에 본 바로는 거품을 물고 쓰러져 있던데……."

 로사드는 비릿한 웃음을 띠었다.

 순간 무함마드 왕자의 눈이 휘둥그레졌다.

 이제야 완전하게 상황을 이해한 모양이었다.

 김춘추가 사인을 주긴 했지만, 설마설마했다.

 왕자가 유학 가 있는 기간에 들어온 경호원인지라 지금 앞에 서 있는 경호원의 안면은 전혀 기억에 없고 본 적도 없는 인물이었다.

 하지만 맨 뒤의 차량이라면…

 무함마드 왕자가 신뢰하고 있는, 경호원들 중 최상의 실력이라고 하는 사와디가 타고 있지 않은가.

 그런데 그가 당했단다.

"무엄하다, 감히 왕자님께 반말을 하다니!"

왕자가 채 뭐라고 하기도 전에 왕자의 전속 기사가 발끈하고 소리쳤다.

철컥.

타앙!

로사드의 손이 거침없이 허공을 향해서 올라갔다.

그와 동시에 그의 손에 쥐어져 있던 권총에서 총알이 발사됐다.

순식간에 왕자의 전속 기사, 그의 가슴이 붉게 물들었다.

"뭐하는 짓인가!"

무함마드 왕자가 놀라서 로사드를 향해 소리쳤다.

철컥.

철컥.

하지만 상황은 왕자의 편이 아니었다.

앞쪽에 있던 두 명의 수행원들이 어느새 기관총의 안전핀까지 뽑은 채로 왕자와 김춘추를 향해서 총구를 겨누고 있었기 때문이다.

"잠깐, 이대로 우리를 죽이면 곤란할 텐데."

김춘추가 로사드를 향해서 입을 열었다.

"흐흐흐, 이미 계획은 완벽히 서 있다."

로사드가 김춘추의 말에 비릿하게 웃으면서 말했다.

"글쎄, 그 계획이라는 게 나 같은 손님도 포함되어 있었나?"

"왕자의 손님 따위는······."

로사드가 김춘추의 말에 반박했다.

"내가 왕자의 손님으로 보이는가?"

김춘추가 총구 앞에서도 전혀 두려움 없는 표정으로 말했다.

"······."

순간 로사드는 자신에게 지금까지 계속 경종을 울리고 있던, 왕자의 친우라는 존재에 대한 거북함이 더욱 진하게 느껴졌다.

필시 자신들의 계획이 어디서에서 노출되었을 수도 있었다. 그래서 저자가 오늘 새벽에 나타난 것이고.

그렇다는 것은 왕자를 죽이고도 그 후폭풍을 로사드, 자신이 완전히 독박 쓰듯 쓸 수도 있는 상황이라는 것을 뜻했다.

그리고 또 한 가지.

조금 전부터 온몸을 죄어 오는 공포감과 불안감이 그를 더욱 강하게 짓누르고 있었다.

특히, 왕자의 손님이라는 존재와 대화를 나누기 시작하자 그 압박감은 더욱 커져 갔다.

참으로 알 수 없는, 이상한 존재였다.

필시 눈에 보이는 대로 평범한 학생은 아니라는 결론이 로사드의 머리에서 내려지고 있었다.

…고 그의 머리는 김춘추에게 바로 총을 쏘기 전에 심…을 해 보는 것이 낫겠다는 결론을 내리고 있었다.

김춘추는 로사드의 손가락이 방아쇠에서 살짝 떨어지는 것을 보고는 고개를 끄덕였다.

그러고는 무함마드 왕자를 향해서 입을 열었다.

"왕자님, 8 대 2요. 물론 제가 8이고요."

그는 그렇게 말하고는 씨익 웃어 보였다.

"그것을 가지러 갈 수 있을까?"

왕자는 그렇게 말하면서도 어이가 없는 표정을 지었다.

"그렇게 되었을 때 제가 8을 가지는 겁니다."

"이 상황에서도 그런 소리를 하다니."

왕자는 김춘추의 말이 다소 비현실적으로 들렸다.

자신을 수행하는 모든 경호원들이 죽거나 의식을 잃은 이 황량한 사막 위에서, 자신을 지켜 줄 그 무엇도 이제는 존재하고 있지 않은 상황이다.

그런데 김춘추는 여전히 내기를 걸고 있었다.

"어쨌든 약속하시죠."

김춘추가 로사드를 향해서 한번 씨익 웃고는 왕자의 얼굴을 쳐다보았다.

로사드와 다른 두 경호원들 역시 지금 김춘추가 왕자에게 하는 말이 이해가 되지 않았다.

그런데 어찌 된 일인지 총을 겨누고 있던 그들의 손가락에서 점점 더 힘이 빠진다.

 김춘추를 바라보고 있자니 온몸에서 기운이 쫘악 빠지는 느낌이었다.

 좀 전까지 그를 옥죄던 공포감, 불안감이 무력감으로 바뀐 기분이랄까?

"살아 나가는데 그 정도는 껌값이죠. 더구나 왕자님 것도 아니고 본시 제 것인데."

 김춘추는 재차 왕자에게 말했다.

 왕자의 대답을 듣지 않고서는 한 발자국도 움직이지 않겠다는 사람처럼 말이다.

"살아만 나간다면 얼마든 좋네."

 무함마드 왕자가 혀를 내두르면서 대답했다.

"약속한 겁니다? 제가 8이고 왕자님이 2입니다."

"자네 같은 공붓벌레가 이 상황을 어떻게 해결할 수 있는가?"

 무함마드 왕자가 쓸쓸한 표정을 지으면서 말했다.

"이걸로요."

 김춘추가 씨익 웃었다.

 순간 무함마드 왕자의 눈이 커져 갔다.

 김춘추의 손이 허공을 향해서, 정확히는 로사드와 두 수행원이 서 있는 곳을 향해서 수류탄을 던졌다.

 언제 수류탄을 손에 넣었을까?

분명 왕자가 로사드에게 말을 시킬 때 김춘추는 저것을 어느새 품에서 꺼내 들고 있었던 것이었다.

하지만 왕자는 더는 감탄할 새가 없었다.

퍼어어엉!

퍼퍼퍽!

거대한 폭발음.

김춘추는 그사이에 잽싸게 운전석에, 왕자는 조수석에 올라탔다.

부아아아아아앙.

김춘추가 운전하는 왕자의 전속 차량은 사막을 정신없이 질주해 댔다.

그 뒤로 거대한 폭발음은 연속으로 들려왔다.

무함마드 왕자는 후미를 힐끔 보면서 걱정스럽다듯이 한마디 했다.

"로사드나 다른 이들은 괜찮을까?"

"저건 가짠데."

김춘추가 씨익 웃으면서 말했다.

"가짜라고?"

왕자는 어이없다는 표정을 지었다.

"왕자님 말대로 제가 공붓벌레잖습니까? 이런 사막에 단신으로 오려고 했는데 제 신변 하나쯤은 지켜야 할 뭔가를 가지고 다녔겠죠."

김춘추가 당연하다는 듯이, 눈은 여전히 운전석에서 떼지 않은 채 말했다.
"그러니깐 저들은… 폭발음에 놀라서… 하악, 죽지는 않겠군."
"저들뿐 아니라 차량 안에 있는 다른 수행원들도 안 죽는 거죠. 뭐, 지금쯤 폭발음에 제정신을 차리고 나온 제대로 된 수행원들이 그들을 처리했길 바라야죠. 이미 죽었다면 어쩔 수 없고."
김춘추는 일부러 '제대로 된'이란 말에 힘을 주었다.
무함마드 왕자는 순간 무안해졌다.
평소 학교에서 자신의 나라, 왕국의 강대함과 부를 과시하고 다녔던 그였다.
지금은 김춘추 앞에서 한없이 무력하고 나약한 모습을 보여 주는 것이 그로서는 부끄러울 수밖에 없었다.
"부끄럽군."
무함마드 왕자가 단단히 체면을 구겼다는 표정으로 말했다.
"그렇다면 왕자님, 이 상황을 죽을 때까지 입 다물고 있을 테니 그 대가로 제가 10을 갖겠습니다. 그리고 안전하게 한국으로 환전까지 바꾸어 보내 주세요."
"헛! 날 다 털어먹으려고 하는가? 아까 분명히 8이라고 했잖은가?"

"뭐 어차피 제가 발견해서 제가 가지는 건데요. 10이라고 한 것은 오늘 일에 대해서 함구하겠다는 서약을 포함시키는 거죠."

김춘추가 씨익 웃으면서 말했다.

"다른 친구들에게도 발설하지 않겠다 이거지?"

"여부가 있나요. 전 제 돈에만 관심 있습니다."

김춘추의 말에 왕자는 순간 장난이 치고 싶어졌다.

그는 일부러 정색하고는 말했다.

"만약 자네가 이 일을 꾸민 주동자라고 내가 몰면 어쩌겠는가? 아까 그 경호원과의 대화를 보면 자네는 마치 다른 이의 명령으로 내 앞에 나타난 것처럼 보이던데."

"왕자님, 진심입니까? 아까 제가 그자와 했던 말을 설마 믿는 건 아니겠죠?"

김춘추가 기가 막히다는 표정을 지었다.

"누가 알겠는가?"

무함마드 왕자가 어깨를 으쓱거리면서 말했다.

"제가 갑자기 등장함으로써 목숨을 건진 것은 왕자님이라는 것을 잘 아시지 않습니까? 하지만 그자는 제 존재를 몰랐죠. 그 덕에 잠시 연기를 할 수 있었던 건데."

김춘추가 억울하다는 표정으로 말했다.

"하하하하, 그러니깐 누가 알겠는가?"

무함마드 왕자는 웃으면서 김춘추를 놀려 댔다.

그에게 10을 전부 주게 되었으니, 이 정도 약 올리는 것쯤은 봐줘야지.

"그러시죠. 없던 말도 만들어 내는 왕자의 권력 앞에 전 일개 평범한 사람이니까요."

김춘추가 왕자의 말을 맞받아치면서 계속 말했다.

"하지만 전 반드시 그 음모에서 빠져나올 것이고, 그 뒤… 제가 어떤 행동을 할지는 아시지 않습니까?"

김춘추의 얼굴에서 묘한 표정이 떠올랐다.

"나에게 반드시 복수하겠다? 그 복수가 완벽히 성공을 할 것이고?"

무함마드 왕자가 어이없다는 표정을 지었다.

그러나 김춘추의 말이 정말 진심 같아서 순간 소름이 끼칠 정도였다.

이상하게 그가 무언가를 강조해서 말할 때는 강한 힘이 서려 있었다.

단순히 왕자가 느끼는 기분만은 아니었다.

"왕자님, 너무 앞서 나가십니다. 감히 왕자님에게 제가 복수를 하겠습니까?"

김춘추가 사람 좋은 웃음을 띠면서 말했다.

"자네가 내 친구라서 다행이네. 아니, 평생 자네는 내 친구일세. 절대로 자네를 내 친구 자리에서 내려놓지 않겠네."

무함마드 왕자는 김춘추의 태도에 기가 질린다는 식으

로 말했다.

그와 대화를 하면 할수록 점점 자신이 지는 기분이었다.

맞받아쳐도…

무시를 해도…

모든 게 김춘추의 손바닥 위에서 하고 있는 기분이랄까?

그리고 이 사건은 명백하게 김춘추와는 관련이 없었다.

혼자 가겠다는 사람을 쫓아와서 억지로 자신의 차량에 태운 것은 왕자였으니.

역으로 반대의 입장이었다면 왕자가 음모의 주동자라고 몰릴 수도 있는 상황이었다.

"환전까지 해 주셔야 합니다."

김춘추는 멍하니 자신을 바라보고 있는 왕자에게 쐐기를 박듯이 말했다.

"자네의 그것을 찾아낸다면 오늘의 보상으로 그 말을 다 들어주겠네."

왕자가 고개를 끄덕였다.

"어차피 왕자님 것도 아닌데……."

김춘추는 투덜거리듯이 한마디 내뱉고는 액셀러레이터를 더욱 힘껏 밟았다.

부아아아아앙!

김춘추와 왕자를 태운 차는 전속력으로 황량한 사막 위에 나 있는 회색빛 도로를 다시 질주하기 시작했다.

잠시 후 멀리 석유를 시추하고 있는 공사 현장이 점점 눈에 들어오기 시작했다.
 그 위치를 확인하고는 김춘추의 입가에서 미소가 절로 번졌다.
 자신이 묻어 둔 그것의 위치와는 상당히 떨어진 거리에 공사 현장이 위치하고 있었기 때문이다.
 그렇다면 모든 것은 시간문제였다.
 그것을 꺼내어 현대의 돈으로 바꾸는 것도 별문제가 없지 않은가.
 이미 왕자가 약속했으니.
 그는 응당 자신의 목숨 값 대신이 아니더라도 자신이 내뱉은 말은 왕족의 이름으로 반드시 지킬 것이다.
 '이제 한국으로 돌아가야지.'
 김춘추의 마음은 벌써 고국 대한민국으로 향하고 있었다.
 5년이나 돌아가지 않았던 고국의 품으로 다시 돌아간다.
 아주 오래전, 사우디 왕국에 있는 자신의 무덤 안에 숨겨 둔 금덩어리들을 챙겨서 말이다.
 그 금덩어리들만 있으면 대한민국에서 웬만한 기업 하나 차리는 것은 시간문제였다.
 '그 녀석은 잘 있으려나…….'

제2장

수상한 전입생

한창 예민한 사춘기 때, 저마다의 학교에서는 괴담이 하나씩은 꼭 있었다.

야자 후 제일 늦게 교문을 나서는 이의 눈에만 보인다는 처녀 귀신.

버려진 학교 창고에 어린아이가 엄마를 찾아 달라며 울고 있다는 이야기.

교복을 입고 매일 하교하는 학생들 사이에 섞여 있다는 귀신.

빨간 마스크를 쓴 귀신 등등.

하지만 요 근래 벌어지고 있는 학교 괴담은 단순히 한 학교에서만 벌어지고 있는 일이 아니었다.

서울의 한 학교에서 시작해서 급속도로 빠르게 다른 학교로 소문이 번지고 있었다.

소문의 괴담은 이랬다.

야자 후 하교하는 학생들을 처녀 귀신이 유혹해서 기를 빨고 버린다는 것이었다.

실제로 그 피해자라는 학생들이 있었다.

물론 본인들이 직접 나서는 것은 아니었고 친구들이 그렇게 주장하고 있었다.

그들이 그렇게 주장하는 데는 이유가 있었다.

아무 까닭 없이.

전날까지 그렇게 발랄하던 친구가 갑자기 조용해지고, 아니 조용해지는 정도가 아니라 멍해져 있다는 것이 그 이유였다.

마치 살아 있는 인형 같다는 느낌까지 든다고 주장했다.

하지만 대부분의 어른들은 학생들의 그런 주장을 묵살했다.

사실 고등학교에 입학하고 나면 그들을 짓누르는 학력고사의 무게감은 이루 말할 수 없으니깐.

간혹 그 무게에 짓눌려 일부 학생들이 예전과는 다른 성격으로 변하는 것은 다반사였기 때문이다.

게다가 내년이면 서울에서 아시안게임이 열린다.

그런 만큼 사회 불안을 가중시키는 괴담이라든지 헛소문

은 애초에 차단해야만 했다.

신림고등학교 2학년 3반.

아침 8시가 채 되지 않았는데 벌써 학생들은 자리에 앉아서 고개를 숙이고는 문제 풀이에 몰두하고 있었다.

그럴 수밖에 없는 것이.

이제 몇 개월 후면 학력고사가 돌아온다.

그 학력고사가 끝나면 2학년이던 이들에게 지옥 같은 차례가 돌아오기 때문이다.

스르륵.

교실의 앞쪽 문이 열렸다.

3반의 담임 최한기, 그는 학생들 사이에서 미친개로 불리고 있었다.

한 번 물면 놓치지 않고 끝장을 볼 때까지 놓지 않는다고 해서 붙여진 별명이었다.

오늘은 그의 옆에, 피부에 구릿빛이 감도는, 훤칠한 키에 강해 보이는 인상을 가진 학생이 서 있었다.

'전학생인가?'

피명인은 새로운 전학생을 발견하고는 고개를 갸우뚱거렸다.

고2가 되어서 전학 오기란 쉽지 않기 때문이다.

"전학생이다. 늦게 온 만큼 여러분들이 많이 도와줘야 한다."

최한기는 그렇게 말하고는 전학생 쪽으로 시선을 돌렸다.

사실 그도 고2가 되어서 전학을 온 학생이 납득되지 않는 것은 아니었다.

하지만 교감이 그러지 않았던가, 사정이 있어서 외국에서 전학을 왔다고 하니.

뭐, 그런 줄 알아야지.

필시 외국에서 교육 시스템에 적응하지 못하고 결국 한국으로 도망쳐 온 학생들 중 하나이리라.

그런 케이스가 아주 없는 것은 아니니깐.

다만 고2, 18살이 되어서 전학 온다는 것은 시기적으로 좋은 판단은 아니라고 그는 생각했다.

좀 더 일찍 오든지.

"김춘추입니다."

전학생, 김춘추는 자신의 이름만 간결하게 소개하고는 담임 최한기를 바라보았다.

'아쭈, 성격이 담백하군.'

최한기는 김춘추의 태도에 살짝 인상을 썼다.

이런 식으로 전학생이 나오면 곤란하다.

지금 반 학생들은 전부 예민해질 대로 예민해진, 학력고사를 1년 앞둔 아이들이었다.

이런 아이들에게 시크한 척, 멋있는 척하는 것은 옳지

않다.

더구나 최한기는 교감에게 전학생에 대해서 당부를 받지 않았던가, 학생들과 잘 적응할 수 있도록 신경 좀 써 달라고 말이다.

사실 교감이 최한기에게 그리 말할 때는 이유가 딱 한 가지밖에 없을 게다.

전학생의 학부모가 돈이 많다든지…….

어찌 됐건 교감이 당부한 학생을 나 몰라라 할 수 없는 게 최한기의 상황이기도 했다.

이곳은 국립학교가 아니라 사립 재단으로 운영되는 학교인 만큼, 선생님들은 재단의 입김이나 교감, 교장 등의 사람들의 입김에서 자유롭지 못한 것이 사실이었다.

아니, 그냥 자유롭지 못한 정도가 아니라 아주 자유롭지 못하다.

그것이 현실이었다.

잠깐의 침묵이 흐른 뒤…….

"허허, 이제 막 한국에 와서 시차 적응도 못하고 있는 학생이다. 여러분이 잘 돌봐주도록."

최한기가 애써 너털웃음을 터트리면서 반 아이들에게 한 마디 했다.

"……."

"……."

반 아이들이나 전학생이나 모두가 침묵으로 최한기만 빤히 쳐다보았다.

"으흠… 저기 명인이 옆이 비었으니 춘추는 그 옆으로 가도록."

이럴 땐 빨리 자리를 정해 주고 나가는 것이 상책이었다.

최한기는 헛기침을 한 뒤 손가락을 들어 피명인의 위치를 김춘추에게 알려 주고는 재빠르게 교실 앞문 쪽으로 몸을 움직였다.

이제 아침 조회 전까지는 20여 분의 시간이 남았다.

그때까지 전학생이 반 아이들과 어울리게 되건 안 되건 그것은 오로지 그 자신의 몫일 뿐이었다.

최한기는 학생들이 자신의 발목을 잡을세라 재빠르게 문을 열고 나가 버렸다.

"미친개 녀석……."

"왜 실실 쪼개고 난리야."

최한기가 나가자 여기저기서 학생들이 웅성거리면서 한마디씩 했다.

미친개가 전학생을 좀 봐주는 느낌이 들었기 때문이리라.

평소 같으면 자신의 마음에 들 때까지 학생들한테 대답을 쪼아 대는 것이 미친개의 특성이었기 때문이다.

물론 모든 학생들이 그러는 것은 아니었다.

68명의 학생들 중 20여 명은 책상에 코까지 박을 기세로 교과서와 참고서에 열중하고 있었으니깐.

"피명인이야."

피명인은 그답지 달갑지 않은 표정이었지만 그래도 김춘추에게 먼저 손을 내밀었다.

"반가워."

김춘추가 씨익 웃으면서 피명인의 손을 마주 잡았다.

"어?"

피명인은 뜻밖이라는 듯한 표정을 지었다.

"왜?"

김춘추가 그런 피명인을 의아스런 표정으로 바라보았다.

"아니, 난 네가… 뭐랄까? 그게… 웃으니깐 좋아 보인다."

피명인은 주절거리면서 간신히 자신의 말을 마무리 지었다.

원래 그의 성격이 그렇다. 착하기 때문에 남에게 상처 주는 말을 쉽게 하지 못한다.

"아항."

김춘추가 고개를 끄덕였다.

그는 피명인의 성격이 어떤지 지금의 말로 대충 짐작할 수가 있었다.

김춘추의 입꼬리가 슬쩍 올라갔다.

툭, 툭.

"난 이동완이고 얘는 지민이다."

피명인과 김춘추, 두 사람의 뒤에서 다른 학생이 말을 걸어왔다.

"어, 아까 소개한 김춘추. 반갑다."

김춘추는 최대한 부드러운 인상으로 그들을 대했다.

"너 아까와는 다르다."

김춘추 바로 뒤에 앉은 이동완이 툭 던졌다.

"첫인상?"

김춘추는 이동완의 말뜻을 알아채고는 되물었다.

"시크하게 구는 놈인가 했더니, 이제 보니 제법 사근사근한 놈이네."

"사람들 앞이라."

김춘추가 뒤통수를 긁으면서 무안하다는 듯이 말했다.

"하긴, 나도 그래."

이동완의 옆에 앉은, 지민이 고개를 끄덕이면서 맞장구를 쳤다.

"어디서 왔냐?"

이동완이 호기심 어린 눈빛으로 물었다.

"영국."

김춘추가 대답하자 피명인과 이동완, 지민이 일제히 부럽다는 눈빛으로 쳐다보았다.

그들뿐 아니라 이들의 대화에 귀를 기울이고 있던 다른 학생들조차 부러워하는 표정이 역력히 드러났다.

"자식, 부럽다."

"왜?"

김춘추가 이해 안 된다는 표정을 지었다.

다들 자신을 부럽다는 표정으로 보다니.

영국에서 온 게 대단한 일인가.

"영어는 잘하지 않겠어?"

"아, 난 또 뭐라고."

김춘추가 이동완의 대답에 약간 실소를 띠면서 대답했다.

"난 또, 가 아니라고. 그게 얼마나 대단한지 너는 모를 거다. 영어는 진짜……. 나는 영어만 완벽하면 얼마나 좋을지……."

피명인이 장황하게 주절거리면서 부러움을 피력했다.

이동완이나 지민도 피명인의 말이 딱히 틀리지 않는지 고개를 끄덕였다.

'이게 우리나라 학생들의 현실인가?'

김춘추는 주변을 두리번거리면서 학생들을 살펴보았다.

반 학생들 책상 위에는 대부분 '정석'이라는 수학 참고서와 man to man 등의 영어 참고서가 기본적으로 놓여 있었다.

"영어는 내가 도움이 될 수 있으면 도울게."

김춘추가 흔쾌히 먼저 그들에게 말했다.

"그러면 우리는 네가 한국 생활에 적응할 수 있도록 도와주마."

이동완이 시원스럽게 김춘추의 말에 대답했다.

김춘추는 자신의 주변, 새로 만난 새 친구들의 얼굴을 만족스럽다는 식으로 쳐다보았다.

일이 그의 예상대로 풀리고 있었다.

딱 적당한 학생들.

성격도 적당히 좋고 적당히 필요한 부분도 갖추고 있고, 적당히 공부에 흥미도 있고.

그러면서 부족한 부분들도 있는…….

김춘추가 영어 공부를 돕게 되면 이들도 기꺼이 자신들이 가지고 있는 정보 등을 내놓을 타입들이었다.

애초에 그가 원했던 것처럼.

교감이 제대로 일을 한 셈이었다.

딱 적당한 성격의 학생들 옆에 김춘추를 붙여 주었으니.

'이제 슬슬 일을 시작해 볼까.'

김춘추는 주변을 두리번거리면서 생각했다.

✧ ✧ ✧

밤 11시, 이하얀은 무거운 가방을 들고 버스에서 내렸다.

그녀는 지칠 대로 지친 표정이었다.

오늘도 하루 종일 수학과 씨름했지만 좀처럼 나아질 기미가 보이지 않았다.

문제를 외우고 원리를 이해해 보려고 했지만, 수학은 태산처럼 그녀를 가로막고 있었다.

'이번엔 반드시 뚫어야 해.'

이하얀은 번번이 자신의 성적이 수학 때문에 내려간다는 것을 누구보다 잘 알고 있었다.

그렇기 때문에 누구보다 더 열심히 공부를 하고 있었다.

수학만 빼면 그녀는 거의 만점에 가깝도록 놀라운 암기의 신공을 가졌다.

하지만 응용력을 요구하는 수학은······.

중학교까지는 암기만으로도 수학에서 점수를 냈지만 고등학교에서는 그 암기만으로 수학을 잘 한다는 건···

전교에서 열 손가락 안에 들 수 있게 내밀 수 있는 것은 절대 아니었다.

모두가 이를 악물고 공부할수록 수학 문제의 난이도는 점점 높아져 가니깐.

"휴우······."

이하얀은 땅이 꺼질세라 한숨을 크게 쉬었다.

가슴이 커다란 태산에 짓눌리는 기분이었다.

또각또각.

어느새 그녀의 발길은 어두운 골목길로 접어들었다.

이 골목길 끝에서 오른쪽으로 돌면 곧 그녀의 집이었다.

'엄마가 밥해 놓고 기다리고 있겠지.'

이하얀은 문득 이 시간까지 자신을 기다리고 있을 엄마 생각에 가슴이 뭉클해졌다.

그때였다.

흐흐흐흐흐.

어디선가 흐느끼는 소리가 들렸다.

한두 번 들리는 소리가 아니었다.

끊임없이 흐느끼는 소리는 그녀의 귀에 똑똑하게 들려왔다.

'뭐지?'

이하얀은 두려움에 찬 표정으로, 혹시나 자신이 다른 소리를 잘못 착각하고 있는 게 아닐까 하는 심정으로 주변을 두리번거렸다.

가로등이 두 개 서 있는 골목길이었지만 사방이 다소 어두웠다.

그러고 보니 평소보다 가로등이 더 어둡다.

아니, 그녀의 착각일까.

원래 어두웠던 가로등이 아닐까?

이하얀의 온몸에서 소름이 끼쳤다.

호오.

그녀는 자신도 모르게 두 손을 모아 입김을 불었다.

아직 늦가을인데.

물론 밤늦은 시간이라서 추울 수는 있지만… 지금 이 순간은, 어제와 비교해서 정상이 절대 아니었다.

늘 이 시간에, 늘 똑같이 다니는 길인데.

이하얀의 머리는 빠르게 회전되었다.

가로등은 더 어둡고……. 맞다.

흐느끼는 소리는 그 전까지 들린 적 없고……. 맞다.

입김이 하얗게 나올 정도로 골목길이 추운 계절이 아니고……. 맞다.

우뚝.

그 순간 이하얀의 사고가 정지했다.

그와 동시에 그녀의 발걸음이 그 자리에서 멈추었다.

주변을 흐느끼는 소리가 이제는 자신의 머리 위에서 나고 있었다.

하지만 그녀는 고개를 치켜들어 볼 마음조차, 아니 그녀는 이미 공포감에 사로잡혀 있어 아무런 사고를 할 수가 없었다.

온몸이 죄어 온다.

무언가가 그녀의 머리 안으로 들어왔다.

이하얀이 마지막 인지한 것은 그것뿐이었다.

풀썩.

이하얀의 몸이 골목길 바닥 위로 쓰러졌다.

파파파팟.

팟.

그와 동시에 한없이 어두웠던 가로등이 언제 그랬냐듯이 밝게 빛나기 시작했다.

그로부터 10여 분 후.

이하얀이 쓰러진 바로 그 후미진 골목길에 오늘 하루 종일 서 있던 봉고차 한 대.

그 안에서는 놀라운 일이 벌어지고 있었다.

겉보기엔 평범해 보이는, 그런 차였다.

하지만 그 안을 들여다본 이가 있다면 입을 다물지 못했으리라.

일단 봉고차 안에는 각종 최신 시스템으로 가득 차 있었다. 영화 007에서나 볼 법한 장비들이었다.

그리고 그 안에는 운전기사 말고도 세 명의 사내가 더 있었다.

그들은 전부 하얀 가운을 입었고, 무언가를 집중해서 들여다보고 있었다.

 언뜻 보아도 첩보전을 벌일 만한 그런 인재들이 아닌, 전형적인 연구소에서 일하는 타입들이었다.
"어때?"
"확실히 A조가 보고한 대로군."
"정말 그러네."
 커다란 뿔테 안경을 쓴, 딱 봐도 전형적인 공붓벌레 타입인 사내가 자신의 옆에 앉은, 두툼한 살집의 사내에게 말을 걸고 있었다.
 그의 얼굴에는 굉장한 것을 발견했을 때의 그런 긴장감과 놀라움이 서려 있었다.
"원인이 뭐지?"
 두툼한 살집의 사내가 고개를 갸우뚱거리면서 모니터 화면에서 올라오는 결과물을 바라보았다.
"이제부터 밝혀내야지."
 그때까지 가만히 모니터만 들여다보던 빼빼 마른 사내가, 뿔테 안경을 쓴 사내가 입을 열기도 전에 가로채듯이 대답했다.
"그, 그래야지."
 제 대사를 뺏긴 뿔테 안경을 쓴 이가 다소 쓴 표정으로 고개를 끄덕이면서 맞장구를 쳤다.
'제길, 조장도 아닌 녀석이 조장 행세는……'

"보고드려."

빼빼 마른 사내가 두툼한 살집의 사내에게 명령조로 말했다.

"그러지."

뿔테 안경을 쓴 사내와는 달리 두툼한 살집의 사내 얼굴에는 아부성 웃음이 걸려 있었다.

그것을 본 뿔테 안경을 쓴 사내가 못마땅하다는 듯이 쳐다보았다.

마치 그의 얼굴에는 자존심도 없냐는 표정이 서려 있었다.

하지만 두툼한 살집의 사내는 이내 그자의 시선을 무시하고는 카폰이 놓여 있는 쪽으로 비대한 몸집을 놀렸다.

뿔테 안경을 쓴 사내와는 달리 두툼한 살집의 사내는 그의 몸집과는 정반대로 현재 처한 상황을 이해하고 처신을 하는 데 굉장히 재빠른 자였다.

A조가 보고한, 그러나 여러 조의 보고에 자칫 뒤로 밀릴 수 있는 보고를 먼저 발견하고 이 현장을 꾸민 것은 빼빼 마른 사내였다.

그런 만큼 이 결과가 주는, 빼빼 마른 사내의 업적은 조직에서 결국 작다 할 수 없었다.

비록 세 사람이 같은 직급이라고 하나 이제부터 달라질 게 뻔했다.

'이 세계에 발을 디뎠으면 학자의 고리타분함과 자존심은 버려야지.'

두툼한 살집의 사내는 혼자 그렇게 생각하면서 카폰의 수화기를 들었다.

그러고는 누군가 들어도 절대 알아들을 수 없는 이상한 언어로 수화기 너머의 존재와 간단한 대화를 나눴다.

그사이, 빼빼 마른 사내는 실험 기구 속에 들어 있던 수정을 조심스럽게 바라보고는 자신의 손에 들린, 모니터의 결과보고서를 출력한 종이를 번갈아 쳐다보았다.

누군가 그 보고서의 내용을 본다면 충격을 받을 만큼 믿지 못할 내용이 적혀 있었다.

1985년, 대한민국에서.

컴퓨터가 발달하고 인터넷이 상용화되고, 한국 최초로 시험관 아기 출산이 성공하는 세상에서.

인간의 기운을 축출하는 수정구, 그리고 그 수정구가 머금은 기운을 분석해내는 기계.

수정구.

수정구야말로 요술공주 세리가 지팡이를 흔들면서 부리는 마법의 근원.

하지만 이것은 마법이 아니었다.

과학이다.

세 명의 연구원들 머릿속에는 저마다 이 상황에 각각 다른 입장 차이가 있었지만, 하나의 조직으로 그들은 결속되어 있었다.

연(然).

이들은 고대 비밀 조직 연의 조직원들이었다.

❖ ❖ ❖

김춘추와 할머니 박애자가 사는 2층 양옥집.

이제는 돈을 받고 신점이나 굿을 하는 일을 그만둔 박애자는, 1층 집을 개조해서 방 하나는 기존 그대로 신 김춘추를 모시는 제단으로 사용하고, 손님들 대기용으로 사용하던 방들은 그녀 자신의 방으로 꾸미었다.

그리고 2층은 김춘추에게 전부 내주었다.

그리고 2층에서 벌어지는, 혹은 하고 있는 일에 관해서는 전혀 관여하지 않는 그녀였다.

사실 그녀가 친할머니고 김춘추가 아무리 손자라고 해도, 그리고 아직 18살에 불과한 손주였지만 김춘추는 할머니라는 위치로서도 박애자가 감당할 그릇이 절대 아니었다.

그녀는 김춘추가 하는 일에는 전부 신경을 끄고 있었다.

무관심한 것이 아니었다.

절대적인 믿음 때문이다.

그럴 수밖에 없는 것이, 겨우 7살 때부터 자신을 진두지휘해서 투자한 반포동, 압구정동 등의 아파트들이 대박을 터트린 것은 기본이고.

일찍이 사 두었던 신림동, 봉천동 일대의 땅들이 있었기에 지금의 재단이 존재할 수 있었으니.

정말이지 상계의 천재가 따로 없었다.

어린 나이에 재물을 보는 눈이 실로 날카롭다 못해 대범한 아이였다.

그런 아이를 자신이 어찌 컨트롤할 수 있단 말인가.

어디 그것뿐인가.

김춘추의 말대로 해서 잘못된 것이 하나도 없었다.

그런데도 불구하고 손주는 아직까지 이 모든 것이 자신의 기대치에 못 미친다고 말하고 있었다.

정말이지 그 애가 보는 하늘을 박애자도 보고 싶다는 생각을 불현듯 하곤 했다.

드르륵.

"할머니, 무슨 생각을 하세요?"

이예화가 1층 미닫이문을 열면서 얼굴을 내밀었다.

"춘추 친구들이 놀러왔는데 뭘 내주면 좋을까?"

박애자는 인자한 미소를 띠면서 친손녀 같은 이예화에게 미소를 지었다.

"요즘 부쩍 붙어 다니네요."

이예화가 예쁜 이맛살을 찡그리면서 말했다.

"나는 보기 좋은데? 딱 저 나이로 보이잖니."

박애자가 고개를 끄덕이면서 말했다.

"칫."

이예화의 입술이 삐죽 나왔다.

그러면서도 그녀의 발은 벗던 신발 속으로 도로 들어가고 있었다.

"너 올라가려고?"

"뭐, 어때요… 같은 학굔데."

"내가 당부했잖니, 알은체 말라고."

박애자가 그런 이예화를 말렸다.

"여태껏 가만히 있었잖아요."

"그러면 계속 가만히 있거라."

"싫어요. 춘추가 저만 빼놓고 뭔가를 하고 있는 것 같단 말예요."

"뭔가를 하긴. 공부하고 있잖니?"

박애자가 이예화의 말에 어이없다는 듯이 말했다.

"아닐걸요? 전 올라가요."

이예화는 더 뜯어 말리려는 박애자의 손짓을 무시하고는 후다다닥 2층으로 향하는 마당 한가운데 있는 계단 쪽으로 달려갔다.

그녀는 단숨에 계단을 올라가서 노크도 하지 않은 채 현관문을 열어젖혔다.

 당연히 거실에 앉아 있던 네 학생들의 시선이 이예화에게 쏠렸다.

 "너, 야자 빼먹었냐?"

 김춘추가 이예화를 보면서 한심하다는 듯이 한숨을 쉬면서 말했다.

 "너네들도 빼먹은 거 아냐?"

 이예화가 지지 않겠다는 듯이 앙칼지게 대답했다.

 "어, 우리는 아닌데."

 여드름투성이인 피명인이 이예화의 등장에 혼자 만면에 미소를 띠면서 대답했다.

 나머지 세 명의 학생은 이예화의 등장을 다소 꺼려하는 눈치였다.

 아니, 넷 중 김춘추는 아예 대놓고 이예화의 등장을 싫어하는 티를 팍팍 냈다.

 "돌아가라."

 김춘추는 그렇게 말하고는 자신 앞에 놓인 man to man 영어 참고서에 빨간 줄을 치기 시작했다.

 그러자 이동완, 지민도 김춘추를 따라서 같은 곳에 빨간 줄을 쳤다.

 "우리 지금 영어 공부중이라……."

 피명인이 현관문에 우뚝 서 있는 이예화에게 미안하다

는 듯이 말했다.

"흥, 춘추가 영어를 공부해?"

이예화는 말도 안 된다는 식으로 말했다.

그도 그럴 것이 김춘추는 이미 5년 동안 외국 유학을 다녀오지 않았는가.

뭐, 할머니에게 들은 바로는 학교에 다닌 것은 얼마 안 되고 주로 휴식하면서 여행을 다녔다고는 하지만…

그래도 5년 동안 외국물 먹었으면 영어는 기본 아니겠는가.

"어, 그러니깐 춘추가 우리 선생님이야."

"아, 그러셩?"

이예화가 고개를 끄덕이면 대답했다.

피명인 말이 사실이라면 뭐 딱히 잘못된 것은 없다.

하지만 이예화의 직감은 다른 얘기를 하고 있었다.

이들은 단순히 영어 공부로 모인 사이가 아니라고 그녀의 본능이 말해 주고 있었다.

"잘됐네, 나 지난번 중간고사에서 영어 성적 떨어졌어. 안 그래도 춘추에게 영어 좀 배우려고 했는데."

이예화는 그렇게 말하고는 현관에 신발을 벗고는 거실로 들어섰다.

피명인이 채 뭐라고 하기도 전에.

김춘추는 여전히 참고서에 밑줄을 긋는 데 여념이 없

었다.

 이동완과 지민은 자신들에게 다가오는 이예화와 김춘추를 번갈아 쳐다보고는 살짝 난처한 빛을 띠다가 이내 다시 참고서로 시선을 옮겼다.

 어차피 여기서 보스는 김춘추이다.

 딱히 그의 신경을 여자애 하나로 거스르게 할 필요는 없지 않은가.

 하지만 그들의 생각은 이내 무너지기 시작했다.

 "이게 뭥?"

 이예화가 코맹맹이 소리로 지민이 들여다보고 있는 참고서 쪽으로 얼굴을 디밀었다.

 "어… 어……."

 지민은 자신도 모르게 얼굴이 시뻘게졌다.

 그럴 수밖에 없는 것이, 18살이 되도록 아직까지 연애 한 번 해 본 경험이 없는 그로서는 학교 내 여신급에 속하는 이예화의 애교에 속절없이 무너져 내렸다.

 "왜 빨간색 줄을 그어?"

 이예화가 궁금하다는 표정을 지으면서, 더불어 입술을 쭉 내밀었다.

 "이 부분이 시험에 나올 것 같다는 뜻이야."

 지민이 뒤통수를 긁으면서 대답했다.

 피명인도 옆에서 고개를 격하게 흔들었다.

평소 이예화를 좋아하던 피명인인지라 김춘추의 집에 드나들게 되면서 이예화가 김춘추의 할머니와 각별한 사이인 것을 알게 되고는 정말이지 뛸 듯이 기뻐했다.

 한 번이라도 그녀의 얼굴을 보게 되지 않을까 하는 기대감이 있었는데 비로소 오늘, 그 이예화가 자신의 옆에 앉아 있으니 기분이 좋을 수밖에.

 그는 김춘추가 이예화를 좋아하지 않는다는 사실이 오히려 내심 기뻤다.

 김춘추가 이예화가 아는 사이라고 해서 혹시나 했는데…

 다행히도 김춘추는 이예화를 그다지 좋아하지 않는 것이 눈에 딱 보였다.

 "피명인, 너 뭐하냐?"

 이동완이 피명인에게 눈치를 주었다.

 "아, 공부."

 피명인이 이예화를 한 번 보고는 자신의 앞에 펼쳐져 있는 영어 참고서를 만지작거렸다.

 "같이 볼까?"

 이예화가 그런 피명인에게 방긋 웃으면서 말했다.

 "어, 춘추가……."

 피명인은 김춘추의 눈치를 살폈다.

 아무리 좋아하는 이예화가 옆에 앉아 있어 정신 줄을 놓고 있기는 하나, 그렇다고 눈치가 아예 없는 것은 아니었다.

"춘추야, 나 같이 공부한다."

이예화가 입술을 삐죽 내밀면서 마지못해 김춘추에게 말을 걸었다.

분명 자신을 무시할 게 뻔한데.

"……."

김춘추는 대답이 없었다.

그는 여전히 영어 참고서의 중요한 부분에 빨간 줄을 치면서 페이지를 넘겼다.

이동완과 지민 역시 이예화는 아예 잊은 것처럼 다시 고개를 숙이고는 김춘추가 쳐 놓은 곳을 따라 줄 치기에 바빴다.

오직 피명인만이 미안한 표정을 지으면서도 자신의 손에 들린 빨간 볼펜을 부지런히 움직였다.

스쓱스쓱.

거실엔 그 어떤 대화도 없었다.

오로지 참고서에 빨간 줄이 그어지는 소리밖에.

이예화의 얼굴이, 커다랗고 까만 눈동자가 금방이라도 툭 건드리면 울 것 같은 표정을 띠었다.

하지만 그녀는 그들의 곁에서 꼼짝도 하지 않고 묵묵히 앉아 있었다.

1시간이 그대로 흘렀다.

하지만 이예화에게는 정말이지 무척 길고 긴, 바늘방석 위에 앉아 있는 것 같은 시간이었다.

"이하얀 알아?"

그때까지 이예화를 완전히 무시하고 있던 김춘추의 입에서 나온 첫마디였다.

"하얀? 이하얀……. 혹시 얼마 전에 이상하게 되었다던 애?"

이예화는 갑작스런 김춘추의 질문에도 불구하고 재빨리 담담하게 대답했다.

마치 아무런 일도 없었다는 듯이.

"맞아."

김춘추가 고개를 끄덕였다.

"암기의 여왕이라고 소문났었는데, 이제는 영어 단어도 예전처럼 못 외운다고 하더라."

이예화는 같은 동아리의 이하얀을 떠올리면서 안쓰럽다는 듯이 말했다.

"사실이냐?"

김춘추가 물었다.

"사실 같아. 뭐, 나랑 같은 동아리 것은 이미 알고 있을 듯하고. 원하면 내가 확인해 줄게."

이예화가 씨익 웃었다.

"음……."

김춘추가 이예화의 얼굴을 쳐다보았다.

사실 이예화를 끌어들이기는 싫었다.
 딱히 무슨 이유가 있는 것은 아니고.
 어렸을 때부터 알고 지낸 사이여서 그런 것은 더욱 아니었다.
 5년 전에 알던 사이라고 해도, 그 뒤 김춘추는 외국을 떠돌아다녔기 때문에 이예화의 얼굴을 제대로 본 것은 얼마 되지 않았다.
 그가 망설이는 것은 할머니 박애자가 이예화를 자신처럼 손녀로 아끼고 있기 때문이다.
 그런 이유로 이예화가 자신이나 자신의 스터디에 들어오는 것을 싫어했던 것이다.
 하지만…
 남자들만으로는 할 수 없는 게 있었다.
 "여자도 필요하지."
 이예화가 쐐기를 박듯 말했다.
 "그렇긴 하군."
 김춘추가 고개를 끄덕였다.
 그와 동시에 이동완, 지민, 피명인이 일제히 기쁘다는 듯한 표정을 지었다.
 "무슨 모임인지는 이미 내 질문에서 눈치챘을 거고."
 김춘추가 이예화에게서 시선을 돌리더니 친구들을 바라보면서 말했다.

"예화도 합류한다."

그가 선언하듯이 말했다.

"앞으로 잘 부탁해."

"잘 부탁해."

이동완과 지민이 이예화를 환영하면서 말했다.

"초자연현상 연구회에 오신 것을 환영합니다, 공주님."

피명인이 한 술 더 떠서 누가 시키지도 않았는데 자신들의 모임 성격까지 일부러 환영 인사에 넣었다.

"초자연현상 연구회."

김춘추가 친구들과 뭔가 꾸미고 있다는 것은 알았지만……

이예화는 흥미 가득한 얼굴로 고개를 끄덕였다.

정말이지 재밌겠다.

이예화는 김춘추를 승리에 찬 표정으로 바라보았다.

김춘추는 여전히 무표정이었다.

'분명 이 모임에 내가 강제로 끼어들었는데 뭔가 찝찝해.'

이예화가 김춘추의 표정을 보면서 고개를 갸우뚱거렸다.

'이제 예화도 들어왔으니 본격적으로 확인해 볼까.'

김춘추가 여전히 무심한 표정으로, 참고서 뒷면에 놓여 있는 노트 한 권을 꺼내 들었다.

그 노트에는 최근에 벌어진, 학생들 사이에서 퍼져 있는 학교 괴담 중 하나인 '바보가 되어 버리는 학생'에 대한 조사들이 빼곡히 쓰여 있었다.

제3장

수상한 이사장님

퍼펙트 마이스터

　이제 설립된 지 채 3년밖에 되지 않은 사학재단인 신림고등학교.
　설립 초기에는 수상한 이야기가 하나 있었다.
　아무도 재단 이사장님의 얼굴을 모른다는 것이었다. 학생들뿐만 아니라 선생님들 사이에서도 수군거렸다.
　하지만 그것도 잠시…
　2년 후, 허연 머리와 허연 턱수염을 가진 인자한 미소를 띠고 있는 60대의 사내, 박필진이 이사장으로 행세하면서 수군거림은 멎었다.
　모두가 그를 재단 이사장으로 믿었다.
　하지만 이사장에게는 괴이한 취미가 있는 건지, 이사장실

안에 또 하나의 이사장실이 존재했다.

이 사실을 알고 있는 자들은 재단설립 때부터 이사장실의 청소를 전담하고 있는 박씨와 교감 성택수, 이사장 비서인 진세희뿐이었다.

텅 비어 있는, 그야말로 집기조차 없이 황량하기 그지없는 동아리실에 이동완, 지민, 피명인, 그리고 이예화가 모여 있었다.

"아무리 춘추라고 해도 이번엔 어림없지 않을까?"

지민이 비관적인 표정으로 고개를 흔들었다.

"그래도 말은 해 본다니깐."

평소 김춘추의 말이라면 무엇이든 따르는 이동완조차 회의적인 표정을 지으면서 맞장구를 쳤다.

그도 그럴 수밖에.

지금 이들은 초자연현상 연구회를 학교 안에서 정식으로 발족시키려 하고 있었다.

신림고등학교는 다른 인문 학교들에 비해 학생들의 자유롭고 다양한 활동을 지원하고 있는 까닭이었다.

학생 5명만 모이면 누구든지 동아리 발족을 학교 측에 제안할 수 있었다.

하지만 그렇다고 해서 제안한 모든 동아리가 학교 측의 인정을 받는 것은 아니었다.

정식으로 인정받기 위해서는, 동아리 제안 보고서를 받은 학교 측에서 회의를 열어 그 동아리를 담당할 선생님 두 명, 혹은 학교주임 한 명을 지원받아야 했기 때문이다.

담당할 선생이 한 명이어도 안 되었다.

물론 학교주임을 섭외하면 한 명이어도 상관없었다.

사실 이 부분이 하늘의 별 따기나 다름없었다.

학교주임이, 안 그래도 가뜩이나 바쁜 사람이 무엇 때문에 동아리까지 담당하겠는가.

친한 선생님 한 분을 섭외하는 것은 그리 어렵지 않다.

하지만 두 명의 선생님이 한 동아리를 맡아 준다는 것 역시 어려운 일이었다.

하지만 야심 있는 선생님들이라면 사람들의 눈에 띄는 보이스카웃이나 아람단, 수학올림피아드 공부 모임 등 위주의 동아리를 맡고 싶어 했고, 딱히 그게 아니라면 자신들의 전공을 살린 수학반, 영어반 등 적당히 CR 시간을 보낼 동아리를 선호했기 때문이다.

뭐, 그래도 처음부터 학생들이 자발적으로 동아리를 만들 수 있는 가능성이 없는 여타 고등학교보다는 조금은 가능성이 있다는 것이 신림고등학교가 갖는 장점이었다.

벌컥.

동아리실의 앞문이 열렸다.

순간 4명의 학생들 시선이 쏠렸다.

다들 자신들이 서 있는 이 동아리실이, 앞으로 자신들의 동아리가 될 것이란 생각은 전혀 하고 있지 않았다.

천하의 김춘추라도 어쩔 수 없다는 생각뿐.

그가 어떤 말로 자신의 실패를 이야기할지 궁금할 뿐이었다.

"여긴가?"

4명의 학생들 눈과 귀에 제일 먼저 보이고 들린 것은 3학년 담당 학교주임 성말수였다.

일명 트리플 또라이라고 불리는 자였다.

학교 실세라고 알려져 있는 교감과는 이종사촌 간으로서, 여간 꼰대 같은 인물이 아닐 수 없었다.

뒤따라 김춘추가 들어섰다.

순간 4명의 학생들 얼굴에는 당혹감이 일었다.

아무리 선생님이 급하다고 해도 학주라니!

아니, 학주가 뭐 하러 초자연현상 연구회를 맡는다고 한단 말인가!

이 모든 게 어이가 없었다.

김춘추는 성말수의 질문에 멍하니 서 있는 4명의 학생들을 손으로 가리키면서 빙그레 웃었다.

"흠……."

성말수는 동아리실에 넋 놓고 자신을 보고 있는 학생들의 위아래를 훑어보더니 이내 만족스러운 표정을 지으면서 김춘추를 향해서 질문을 했다.

"얘들이 올림피아드에 나갈 실력은 되나?"

"나가게 만들어야죠."

김춘추는 학교주임 성말수의 질문에 별거 아니란 식의 태도로 대답을 했다.

이 둘의 대화를 보고 있는 이동완, 지민, 피명인과 이예화는 더욱 기가 막혔다.

분명 초자연현상 연구회를 만드는 건데.

지금 학교 괴담으로 돌고 있는 소문의 진상을 파헤치는 짜릿한 추리 모임이건만.

이 무슨 청천 하늘에 날벼락 같은 소린가.

분명 자신들이 제대로 저 단어를 들은 게 맞는 것인가.

올림피아드라니!

수재, 아니 영재들만이 나간다는 올림피아드를 자신들이 나간다고?

"내년 본선에 진출할 1차 예선전이 한 달 후에 있는 건 알지?"

성말수가 딱히 누구라고 할 것 없이 학생들에게 시선을 돌리면서 말했다.

그 누구도 대답하는 이가 없었다.

솔직히 이들이 올림피아드 일정에 깜깜무소식인 것은 어쩔 수가 없었다.

그것은 자신들에게 일어날 가능성이 있는 그런 대회가 전혀 아니니깐.

여태껏 살아오면서 그랬다.

아무리 이들의 성적이 반에서 10등 내외로 들어간다고 해도, 올림피아드와 친해지기엔 아득히 먼 등수였다.

이들로서는 그저 김춘추에게 이게 무슨 상황이냐고 하는 눈빛만 보낼 뿐.

"일단 허락하지. 두 가지 토끼를 다 잡을 수 있을지 궁금한데, 잘들 해 보라고."

성말수는 그렇게 말하고는 학생들을 한 번 더 힐끔 쳐다보더니 동아리실을 나갔다.

사실 성말수도 딱히 이 모임을 맡고 싶지 않았다.

하지만 자신의 이종사촌형인 성택수가 김춘추가 올린 동아리 제안 보고서에 흥미를 가졌고, 그 뒤치다꺼리는 성말수, 그에게로 떨어졌다.

더구나 김춘추가 재밌는 제안을 해 왔다.

동아리실의 자격을, 해외 올림피아드에 나갈 국내 선발전에 나갈 수 있는 학생들로 구성하겠다는 것이었다.

솔직히 1차 예선전은 반에서 담임의 추천이라면 누구든지 칠 수가 있다.

하지만 그 예선전을 뚫고 2차 국내 선발전에 이름을 올릴 수 있는 학생은 한 학교에 한두 명도 안 되는 경우가 허다했다.

신생 고등학교로서 신림고등학교 학교주임인 그로서는 김춘추의 제안이 상당히 매력적으로 다가올 수밖에 없었다.

그가 담당하는 학생들이 이런 실적을 일군다면…

그의 업적이 높아질 것이고…

나아가 학교의 명성도 높아질 것이었다.

만약 김춘추와 학생들이 실패한다면 그것은 그것대로 성말수에게 좋았다.

이종사촌형인 교감에게 동아리를 폐쇄하는 이유로 보고될 테니 말이다.

"……."

"……."

"……."

"……."

4명의 학생들은 김춘추를 둘러싸고 그의 말을 기다리고 있었다.

"왜?"

김춘추가 재밌다는 표정으로 그들을 보면서 어깨를 으쓱거렸다.

"넌 이게 재밌니?"

이예화가 순간 욱해서 버럭 소리를 질렀다.

"이 방법밖에는 없던데."

김춘추가 어쩔 수 없었다는 식으로 말했지만, 그의 표정은 분명 재밌어하는 인상을 지울 수가 없었다.

"그러니깐 이 동아리를 허락받기가 너무 어려워서 올림피아드라는 무모한 수를 써서 또라이 트리플을 끌어들였다 이거야?"

이예화는 자신의 또박또박 힘을 주면서 말했다.

사실 다른 학생들도 김춘추에게 뭐라 반박하고 싶었지만 그들로서는 감히 그에게 뭐라 운도 못 뗐을 게 뻔했다.

그것을 잘 아는 이예화로서는 다른 학생들의 몫까지 더욱 열을 내었다.

"나라고 달리 방법이 있겠니?"

김춘추가 이예화의 눈을 보면서 말했다.

"어……."

이예화는 김춘추의 말에 순간 말문이 막혔다.

사실 다른 학생들과는 달리 이예화는 내심 기대를 했다.

친할머니는 아니더라도 그녀에겐 친할머니와 다름없는 존재인 박애자가 자신의 손주인 김춘추에 대해서 많은 이야기는 해 주지 않았지만, 그래도 5년 동안 함께 지내면서 박애자가 얼마나 손주 김춘추를 자랑스러워하는지 잘 알고 있었다.

그리고 5년 전 그녀도 김춘추의 활약을 옆에서 직접 보지 않았던가.

자신에게 묻은 잡귀를 단순 명쾌하게 떼어 내고…

더욱이 김춘추 자신의 말 못하는 병을 고쳐 낸…

정말 불가사의한 존재인 김춘추가 아니던가.

그런 만큼 동아리 하나 만들겠다고 학교를 구워삶는 것쯤은 별거 아니라고 그녀는 내심 생각하고 있었다.

그런데 지금 자신의 앞에 서 있는 김춘추…….

차이나 칼라가 달린 검정색 교복을 입고 서 있는 김춘추는 영락없는 고등학생일 뿐이었다.

그간 어떤 변화가 있었는지 전혀 알 수 없지만, 그저 또래들보다는 성숙하고 자신이 가진 장점을 가지고 주변 학생들을 선도하고 이끌어 나가는 모범생의 이미지를 가진 그런 김춘추가 서 있을 뿐이었다.

순간 이예화는 혼란스러웠다.

그녀가 아는…

조금은 비밀스럽고 그 속을 들여다보기 어려운, 신비스럽지만 절대 가까이 갈 수 없는 존재인 김춘추에서, 5년 동안 그녀가 갖고 있던 김춘추라는 이미지에 대한 환상이 서서히 부서지고 있는 느낌이었다.

그러면서도 김춘추에게는 뭐가 있지 않을까… 하는 막연

한 기대감이 그녀의 밑바탕에 깔려 있었다.

"예화 너도 본 실력 좀 발휘해 봐."

김춘추가 빙그레 웃으면서 말했다.

"흥."

이예화는 자신의 속내를 들킨 것 같아서 자신도 모르게 콧방귀를 뀌었다.

사실 이예화는 남들 눈에 띄지 않으려고 적당한 선에서 공부를 했다.

성적도 적당히. 운동도 적당히.

뭐든 적당히 했다.

어렸을 때 뛰어난 미모만큼 총명함으로 사람들의 관심이 지나치다 못해 사람이 아닌 것들의 주목까지 끌게 되었던 그녀로서는 당연한 일일 수도 있었다.

"우리 그러면 올림피아드 예선전 대비해서 공부를 하는 거야?"

그때까지 아무런 말도 없이 있던 지민이 다소 아쉬운 듯 질문을 했다.

사실 지민의 입장에서는 학교 괴담을 조사하는 것보다 올림피아드 예선전에 나갈 수 있다는, 아니 그런 실력이 된다면 기꺼이 올림피아드를 위해서 동아리 활동을 열심히 할 생각이 있었다.

무엇보다 그동안 김춘추가 자신들을 위해서 영어 공부를

가르쳐 준 까닭에.

 단시일 내에 그 자신의 영어 실력뿐 아니라 이동완이나 피명인 전부 일취월장했기 때문이다.

 그러는 만큼 김춘추를 믿고 공부를 계속한다면 올림피아드 본선은 아니더라도 예선전에 명함은 내밀 수 있지 않을까 하고 막연한 생각이 들었다.

 어쨌든 간에 그들에게는 1년 2개월 후면 대입학력고사가 펼쳐지지 않는가.

 아이들이나 하는 탐정 놀이보다는 그쪽이 훨씬 더 이로운 것이 사실이었다.

 남들은 비싼 과외비를 들여서 공부한다고 하는데, 그들에겐 뛰어난 선생으로서 김춘추가 이미 있지 않은가.

 공짜로 뛰어난 선생 아래에서 공부를 할 수 있는데 굳이 그것을 마다할 지민은 아니었다.

"이거 아쉽긴 한데. 뭐, 나도 찬성."

 이동완이 지민의 말에 이어서 대답을 했다.

 그 역시 지민과 같은 생각을 하고 있었다.

 피명인만이 아쉬운 표정이 역력한 채로 서 있었다.

"명인은?"

 김춘추가 그런 피명인에게 질문을 했다.

"어… 난……."

 피명인이 망설이면서 말을 끊었다.

"솔직하게 네 입장을 말해."

김춘추가 아무런 감정을 담지 않은 채로 물었다.

"으음, 그러니깐 난 좀 아쉽다. 사실 3학년들 중 그런 괴담에 당한 사람들이 있다고 할 때는 그런가 보다 했는데, 우리 동급생인 이하얀이 당하고 나니깐 나는 더 이상 이것을 괴담이라고 생각하지 않거든."

평소 다른 친구들보다 어리바리하던 피명인이 김춘추의 질문에 솔직하게 자신의 생각을 늘어놓았다.

"왜?"

김춘추의 얼굴에서 흥미로운 빛이 떠올랐다.

"그러니깐 이하얀……. 이하얀이잖아."

피명인은 이동완과 지민, 이예화의 얼굴을 한 명씩 바라보면서 말했다.

어디서 이런 용기가 났는지 이상하게 김춘추의 질문을 받는데, 무심한 것 같은 그의 질문에 오히려 용기가 나기 시작했다.

"그간 우리가 아는 이하얀은 정말 암기 천재 맞거든. 그리고 절대로 학력고사의 압박에 멍해 버릴 정도로 자신의 안에 숨을 아이가 아니야. 하얀이는 연약해 보이는 여자애지만 그래도 정신 하나만큼은 강한 아이야."

피명인이 또박또박 힘을 주면서 말했다.

그의 말에 다른 학생들은 고개를 끄덕였다.

애초에 이들이 왜 초자연현상 연구회를 만들려고 했는가의 그 시발점.

바로 이하얀 사건이 일어났기 때문이다.

처음엔 전학생인 김춘추에게 영어 공부를 배우는 조건으로 학교의 이런저런 소식이라든지, 요즘 학생들은 학교에 어떤 사항을 기대하고 있다든지, 그런 것들을 알려 주면서 친해져 갔었다.

그래서 학교 괴담을 파 보자는 김춘추의 제안에 기꺼이 이들도 자신의 고등학교뿐 아니라 다른 학교로 진학을 간 중학교 친구들에게까지 연락해 가면서 바보가 되어 버린 학교 괴담 사건을 조사해 왔다.

그러다가 처음으로 동급생인 이하얀이 당했다는 소문이 돌면서 이들은 단순히 조사만 하지 말고 행동으로 움직이자는 의견 일치를 보았다.

"명인이 말이 맞아."

지민이 제일 먼저 피명인 말에 맞장구를 쳤다.

"하지만 괴담을 조사하려면 올림피아드 예선전을 포기할 수밖에 없잖아?"

이동완이 안타깝다는 표정을 지으면서 말했다.

"하긴 그러네."

이동완의 말에 지민이 고개를 끄덕였다.

"동아리는 포기하고 기존대로 춘추네 거실에서 우리 모

임을 계속하자. 그러면 굳이 올림피아드 예선전에 나갈 필요도 없잖아."

이예화가 맞장구를 쳤다.

그제야 피명인의 얼굴에도 웃음이 감돌았다.

"아니지, 언제까지 야자를 빠질 수는 없잖아?"

김춘추가 이들의 말에 반박하고 나섰다.

순간 4명의 학생들은 당혹한 빛을 띠었다.

"더구나 3학년이 되는 날도 몇 달 안 남았는데."

김춘추가 건조한 어투로 말했다.

"그러면 어떻게 할 건데!"

이예화가 짜증 난다는 듯이 버럭 소리를 질렀다.

"둘 다 하면 되지."

김춘추가 별거 아니란 식으로 대답했다.

"뭐, 둘 다?"

이예화가 어이없다는 표정으로 반문했다.

"이제부터 두 마리 토끼를 다 잡자."

"괴담도 연구하고 올림피아드도 나간다고?"

피명인은 자신이 제대로 이해한 것이 맞는지 김춘추의 말에 질문했다.

"그렇지."

김춘추가 고개를 끄덕였다.

그러고는 다시 입을 열었다.

"나 믿지?"

순간 이동완, 지민, 피명인과 이예화는 그의 말에 반박할 수가 없었다.

황당하지만.

웃긴 것은 김춘추의 말이 정답이란 느낌을 지울 수가 없었기 때문이다.

김춘추는 오랜만에 자신의 아지트, 관악산을 찾았다.

그는 조용히 눈을 감고 명상에 잠겼다.

하지만 이내 그 명상은 신 김춘추의 구시렁거림에 방해를 받았다.

-도대체 속을 알 수가 있어야지.

'다 알면서 뭐.'

김춘추는 신 김춘추의 구시렁거림에 살짝 이맛살을 찡그렸다.

그렇다고는 하나 그와의 대화를 싫어하는 것은 아니었다.

한국으로 돌아와서 제일 기쁜 점이라면 신 김춘추와 다시 대화를 할 수 있다는 점이었다.

원래 신 김춘추도 김춘추가 해외에 나간다고 했을 때 따라가고 싶어 했다.

하지만 신 김춘추는 천계에서 내린 금기 때문에 한국을 떠날 수 없는, 대한민국에 매인 존재였다.

5년 동안 내내 따라다니던 신 김춘추의 참견이 해외에 나가서 막상 사라지고 보니 김춘추도 허전한 마음을 지울 수가 없었다.

인간은 아니더라도 유일하게 자신의 존재를 알고, 자신의 속마음을 다는 아니더라도 어느 정도 알아채는 존재가 이 세상에 있다는 것만으로도 위안이 된다고나 할까?

-초자연현상 연구회는 뭐 하러 만들어?

'미스터리 홈즌데?'

김춘추가 동아리의 이름을 정정해 주면서 대답했다.

얼마 전 초자연현상 연구회를 정식으로 '미스터리 홈즈'라는 동아리로 학교 예비 동아리 명단에 올렸다.

물론 곧 다가올 올림피아드 1차 예선전을 통과해야 하지만 말이다.

지금쯤 이동완 등은 동아리실에서 김춘추가 뽑아 준 자료들을 가지고 열심히 머리 박고 공부하고 있을 게다.

그 덕에 김춘추는 지금 여유롭게 관악산에 올라와 자신의 생각을 정리하면서 시간을 갖고 있었고.

-그게 그거지.

신 김춘추가 질투가 난다는 표정을 지으면서 말했다.

김춘추가 자신이 아닌 인간들과 점점 가까워지는 게 그로서는 심히 못마땅했다.

'방어막이 필요해서지.'

김춘추가 싱긋 웃으면서 대답했다.

-이사장이 그게 뭐 필요해?

신 김춘추가 의아스럽다는 식으로 말했다.

'이사장은 이사장이고. 끝까지 이사장 잘 해 먹으려면 밑바닥까지 탁탁 털어 봐야지.'

김춘추가 신 김춘추의 말에 대답했다.

-이사장 해 먹기도 어렵네.

신 김춘추가 불만이란 식으로 말했다.

'너처럼 사람 하나 우려 가지고 떠받들어지는 식으로 일을 벌이면 여기서는 곤란해. 인간 사회는 네 생각처럼 간단한 게 아니거든.'

김춘추가 신 김춘추의 말에 반박하면서 대답했다.

-나 같으면 '내가 이사장이다!' 이러면서 대접 받을 텐데.

신 김춘추가 김춘추의 행동이 딱히 마음에 들지 않는다는 투로 말했다.

사실 김춘추는 지금 자신이 사립 재단인 신림의 이사장인 것을 일부러 감추고 있었다.

명목상 이사장은 할머니 박애자, 아니 호적에 올라가 있는 원래 이름인 박필진으로 등록되어 있었다.

하지만 할머니 역시 학교를 운영하는 것과는 거리가 먼

사람이었다.

그래서 내세운 것이 할머니와 동명이인인 박필진이란 사람이었다.

물론 이사장 대리로 움직이는 박필진을 자신의 수하로 만든 것은 당연하고.

실질적으로 재단을 운영하는 것은 김춘추였다.

김춘추는 자신의 나이가 어리다는 점.

그리고 아직 재단에 관해서는 경험이 턱없이 부족하다는 점을 스스로 알고 있었다.

과거 황금만장의 주인이 되기까지 밑바닥에서 올라서던 자신의 경험을 발판 삼아, 그는 학생이란 신분으로 위장해서 은밀하게 학교 내, 외부를 살펴보고 있었다.

남들이 보기에는 단순히 학교 하나를 운영하는 건데, 라고 우습게 여길 수 있다.

하지만 김춘추의 직감은 달랐다.

사학 재단이야말로 앞으로 정·재계의 숨은 실력자로 부상할 것이라는 게 그의 감이었다.

앞으로 벌일 사업도 구상해야 하지만 일단 초석은 사학 재단으로 시작하는 셈이었다.

그런 만큼 신중해야 했다.

그리고 또 하나, 관악산 주변 일대의 땅은 두 세력이 서로 힘겨루기를 하면서 집어삼키고 있었다.

하나는 당연히 김춘추였다.

하지만 또 하나의 세력은 김춘추 역시 누구인지 모른다.

언제부턴가 대리인 명의로 관악산 일대의 땅 주인이 바뀌고 있었다.

어떨 때는 김춘추가 빨랐다.

하지만 어떨 때는 그가 놓치기도 했다.

김춘추가 관악산 일대의 땅을 사는 이유는 명확했다.

이곳의 기운이 예사롭지 않다는 거.

자신이 한국 내에서만 환생을 하고 있다는 것이 단순히 우연이 아니란 사실을 주지하고부터 그는 관악산을 주목하고 있었다.

명산도 악산도 아닌 관악산이 유독 그를 끌어들이고, 신김춘추가 천계에서 처음 떨어진 곳이 관악산임을 감안한다면 분명 이곳에는 자신이 알지 못하는 무언가가 있을 거라고 결론을 내렸다.

만약 또 하나의 세력이 자신과 같은 목적으로 관악산 일대의 땅을 사는 것이라면?

'너무 오번가?'

김춘추는 머리를 세차게 흔들었다.

사실 자신의 입장에서야 충분히 개연성이 있지만 자신과 같은 존재나, 혹은 이곳의 가치를 우연히 알게 되는 이가 얼마나 될까.

더구나 관악산 일대, 특히 신림동 봉천동은 강남과는 매우 거리가 가까웠다.

그런 만큼 강남 일대의 큰손들이 뻗치는 손길이 이곳까지 뻗는 것은 지극히 당연했다.

여러 명의 큰손들이 이곳의 땅을 매입할 뿐인데 김춘추 자신이 너무 예민하게 받아들여 한 세력이라고 착각할 수도 있었다.

사실 따지고 보면 후자의 생각이 맞다.

그럼에도 불구하고 김춘추의 오랜 육감이 뭔가 위험하다고 알려 오고 있었다.

어느새 저만치 주변이 어둑어둑해졌다.

김춘추 역시 슬슬 내려가려는 듯이 자리에서 일어섰다.

-벌써 내려가?

신 김춘추가 아쉬운 듯이 말했다.

그 역시 관악산의 기운을 매우 좋아했다.

아니, 김춘추가 앉아 있는 이곳이 좋았다.

그리고 오랜만에 갖는 시간인 만큼 좀 더 머물러 있었으면… 하고 바랐다.

'직원들 퇴근 시간이니깐.'

김춘추는 재빠르게 산을 내려와 신림고등학교 정문에서 좀 떨어진 곳에서 몸을 은닉했다.

잠시 후, 행정 담당 직원들이 두세 명씩 짝을 지어 퇴근하는 것이 눈에 띄었다.

 김춘추의 시선은 그들 중 새로 입사한 자에게 머물러 있었다.

 다소 몸집은 비대했지만 학교 행정부에 머물러 있기에는 아까울 정도로 꽤나 실력 있는 자였다.

 '그랬기에 뽑았겠지.'

 김춘추는 다소 씁쓸한 표정을 지었다.

 그는 최근 바보가 되어 버리는 학생들에 대한 괴담이 실제로 관악산 주변의 학교, 그러니깐 신림고, 관악고, 봉천여고에서 몇몇 수재들을 대상으로 벌어지고 있는 것을 알아내었다.

 그 전까지는 불특정 학생들을 대상으로 한 사건이었다면…….

 물론 일을 당한 학생들의 부모나 선생님들은 학생의 말을 믿지 않았다.

 학력고사의 압박에 떨어진 성적을 무마하는 것이라고 생각하는 눈치였다.

 하지만 학생들의 정보망을 통해서 이들이 당한 일에 공통점이 있다는 것을 김춘추는 발견했다.

 야자 후, 늦은 귀가.

 그리고 평소보다 어두워진 골목길.

 그것이 기억의 전부라고 당한 학생들은 주장했다.

경찰이 조사하기에는 뭔가 석연치 않겠지만.

김춘추로서는 그것만으로도 충분히 어디서 이 사건을 조사해야 할지 방향을 잡을 수가 있었다.

모두 수재라는 점.

학생들의 귀가 시간과 집 근처까지 정확히 알고 있다는 점에서 알 수 있듯이 학생들의 신상 정보가 새어 나가고 있었다.

그중 관악고는 한 달 전 도둑이 들었다고 했다.

딱히 크게 잃어버린 것은 없어서 학생들의 내부 소행으로 일단락 지었다고 했다.

신림고와 봉천여고의 경우는 새 행정 담당 직원을 뽑았다.

김춘추가 자신의 비서인 진세희를 통해서 다시 한 번 확인했지만, 각 학교의 신입 행정부 직원들은 각각 이력이 매우 좋았다.

이력서만을 놓고 보면 당연히 뽑고 싶게끔 말이다.

김춘추는 백여 미터를 일부러 걸은 후, 대기하고 있던 낡은 봉고차에 올라타는 직원을 보고서는 자신의 심증이 옳았다는 것을 깨달았다.

이대로 그냥 보내 줄 그가 아니었다.

김춘추 역시 지나가는 택시를 붙잡아 타고서는 봉고차를 미행시켰다.

봉고차가 선 곳은 양재동 화훼 단지 비닐하우스들이 서 있는 곳이었다.

비닐하우스 중에서도 외진 비닐하우스 옆에 놓여 있는 컨테이너 하우스에 직원은 거침없이 들어갔다.

'음?'

김춘추는 컨테이너 하우스를 조심스럽게 살펴보고는 의아한 듯이 고개를 갸웃거렸다.

자신과 마찬가지로, 관악산 아지트에 설치해 놓은 것과 비슷한 진법이 컨테이너 주변에도 있었기 때문이다.

현대 대한민국에…

진법이 설치된 컨테이너라니.

'어이없군.'

김춘추의 황당함은 이루 말할 수가 없었다.

중국도 아닌 대한민국에서, 그것도 현대 대한민국에서 진법을 마주 대한다는 것이 묘한 감정을 들게 했다.

어쨌건 간에 진법을 파훼하거나 상대 모르게 컨테이너를 잠입하는 것은 어렵지 않았다.

아마도 이 진법을 설치한 자가 미처 김춘추 같은 자를 예상하지 못한 것처럼 말이다.

삐이이이이익이이이익.

김춘추가 컨테이너 안에 잠입하자 경보음이 요란하게 울렸다.

진법은 통과했지만 현대 과학의 산물인, 경보 장치가 제 역할을 하고 있었다.

'제길.'

김춘추의 얼굴이 일그러졌다.

하지만 애초에 경보 장치를 피하고 들어갔다고 해도 이 컨테이너 안은 상당히 좁은 까닭에 들키는 것은 어차피 시간문제였다.

세 명의 사내, 모두가 하얀 가운을 입고 있던 자들이 경보음에 놀라서 일제히 문 쪽을 바라보고 있었다.

그중 한 명은 김춘추가 운영하고 있는 재단, 신림고에 갓 입사했던 행정부 직원이었다.

물론 상대가 김춘추를 알아보지는 못했다.

"누, 누구야!"

그중 한 사내가 김춘추를 향해서 소리를 쳤다.

다른 사내는 비상 버튼을 누르고 있었다.

'저건?'

김춘추의 신경은 그들이 아닌…

컨테이너 벽면에 나란히 놓여 있는 10개의 수정구에 가 있었다.

투명하고 끝이 둥그스름한 유리관에 씌워져 있는, 한가운데에는 자그마한 수정구가 무언가의 빛을 받아서 반짝이고 있었다.

그리고 그 수정구가 놓여 있는 유리관 앞에는 각각 이름이 쓰여 있었다.

그리고 그중 하나, '이하얀'이란 이름이 김춘추의 눈에 들어온 것이다.

휘익.

김춘추가 일단 이하얀의 이름이 쓰여 있는 수정구를 향해서 몸을 던지려는 찰나였다.

휘리리릭.

탁.

동시에 김춘추를 향해서 날카로운 단도가 날아왔다.

그가 육감적으로 몸을 틀지 않았더라면 지금 날아온 단도에 목이 정확하게 꽂혔으리라.

뜻밖의 공격에 김춘추는 단도가 날아온 방향을 쳐다보았다.

언제 나타났는지, 두 명의 닌자복을 입은 사내가 김춘추를 향해서 단도를 날리고 있었다.

김춘추는 순간 자신의 가장 비기, 환영술을 사용했다.

오래 살아오면서 엄청난 무술을 익힌 것은 아니었다.

아무리 전생에 무술의 고수가 되었다고 해도 다음 생에서 전생만큼의 실력을 쌓으려면 몇십 년 고생을 다시 되풀이해야 한다.

육체를 강화시키는 것은 단순히 머리만 똑똑해서는 절대

안 되기 때문이다.

이런 면에서 김춘추는 영리했다.

그는 처음부터 초절정 무술의 고수가 되어서 세상을 어떻게 해 보겠다는 생각은 없었다.

효율적인 면만 놓고 보면 지식이나 황금, 진법 등의 가치가 그다음 생에도 빠르게 자신을 강하게 만들어 주기 때문이다.

하지만 결정적인 순간에 자신의 목숨을 지켜 줄 비기 몇 개 정도는 가지고 있었다.

그것 중 하나가 바로 환영술이었다.

빠르게 움직이면서 기를 이용해 몸이 여러 개처럼 늘어나는 것처럼 보이는 술법이었다.

그러나 환영술을 자유자재로 사용하기 위해서는 상당히 까다로웠다.

여기에는 기를 자유자재로 다뤄야 하며 진법에도 또한 능한 자여야 했다.

이런 면에서 김춘추가 환영술을 비기로 삼을 수 있는 것은 어찌 보면 당연했다.

'음?'

'이럴 수가.'

이쯤 되고 보니 닌자복을 입은 사내들은 당황하지 않을 수 없었다.

상대의 몸이 정확히 어디 있는지 분간할 수가 없었다.

예상 밖의 낭패였다.

그들은 서로 고개를 끄덕였다.

이런 고수가 침입했다는 사실만으로도 이곳의 정체가 완전히 발각되었음을 뜻하니깐.

그들은 지체하지 않고 단도를 날렸다.

단도는 김춘추가 아닌 세 명의 연구원에게 날아갔다.

"으윽!"

"아아아악!"

"허······."

연구원들은 침입자가 생겼을 때를 대비해서 교육받은 대로 모든 자료를 소각하고 있었다.

설마 자신들을 보호하는 닌자들이 자신들의 심장부에 단도를 날릴 줄은 꿈에도 생각하지 못했던 것 같다.

그것은 김춘추도 마찬가지였다.

닌자들의 태도로 보아서 은폐 작전에 들어간 것이 분명했다.

김춘추는 있는 힘을 다해서 '이하얀'이라고 쓰인 수정구를 향해서 몸을 날렸다.

동시에 닌자들은 천장을 향해 치솟으면서 무언가를 컨테이너 안에 떨어트렸다.

쿠쿠쿠쿠쿵쾅!

쿠쿠쿡쾅쾅쾅!

거대한 폭발음이 컨테이너 안에서 울려 퍼지는 동시에 컨테이너가 그야말로 산산조각 나기 시작했다.

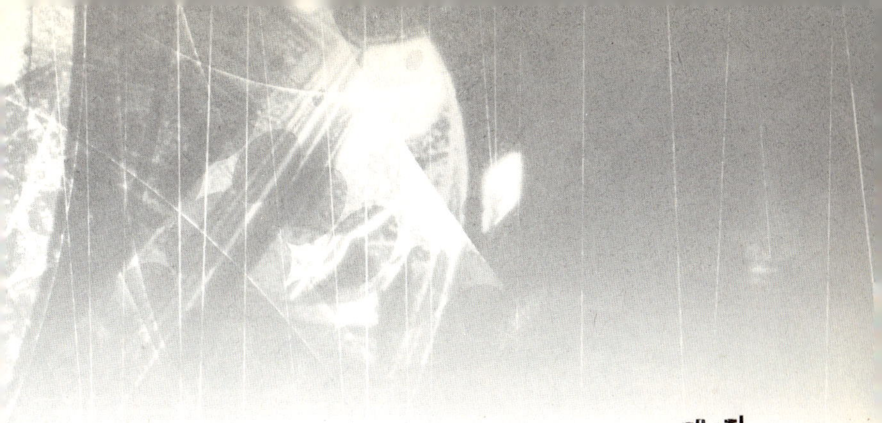

제4장

적과 도를 아십니까

퍼펙트
마이스터

서울 명동.

이 근방은 대한민국의 최고 번화가답게 롯데 호텔과 백화점, 그리고 미도파 백화점과 에스콰이아, 금강 등의 대표적인 브랜드들을 쉽게 볼 수 있는 곳이었다.

그 외에 은행뿐만 아니라 각종 증권 회사와 투자 금융사, 신탁 회사 등 제2금융계 회사들의 본점들이 거의 대부분이라고 해도 좋을 만큼 이곳에 모여 있었다.

한때 나는 새도 떨어트린다던 이후석이 바로 이 명동에 모습을 드러냈다.

이후석은 이중대 납치 사건의 배후로 지명을 당한 이후 중앙정보부장의 자리에서 물러나야 했다.

그리고 곧 국회의원으로 재기했지만, 이내 다시 한 번 조명된 이중대 납치 사건으로 청문회에 서야 했다.

그 이후 정계에서 그는 완전히 은퇴를 했다.

물론 그것은 어디까지나 남들의 이목을 숨기는 방편일 뿐.

그는 뻔질나게 명동에 있는 자신의 사무실로 출퇴근을 했다.

"어떻게 됐지?"

이후석은 자신의 사무실에서 대기하고 있던 자들을 보자마자 추궁했다.

"완전히 폐쇄했습니다."

두 명의 사내 중 한 자가 입을 열었다.

"내가 눈이 없나! 뉴스에도 나오는데 그걸 몰라!"

이후석이 사내들을 향해서 소리를 버럭 질렀다.

양재 화훼 단지에서 일어난 폭발 사고는 곧 뉴스를 탔기 때문이다.

"면목이 없습니다."

"면목이 없습니다."

두 사내는 누구 할 것 없이 일제히 대답했다.

"이유가 있겠지?"

"침입자 때문입니다."

이후석의 질문에 처음 입을 떼었던 사내가 대답했다.

"침입자? 그까짓 침입자가 있다고 컨테이너를 날려?"

이후석의 날카로운 질문에 사내는 잠시 멍한 표정을 지었다.

그러고 보니 단순히 지나가는 행인이 호기심으로 들어올 수도 있었다. 아니, 더 쳐준다고 해도 도둑이나 강도 정도로 생각할 수도 있었다.

무엇이 그들을 위협해서 컨테이너를 폐쇄하는 결정을 내리게 만들었을까? 아무리 생각해도 알 수가 없었다.

"제길, 멍청한 놈들."

이후석은 두 사내를 향해서 욕지거리를 했다.

아무리 이들이 조직에서 교육받은 대로, 대응 지침대로 행동했다고 해도 좀 더 상황을 알아낼 만한 것이 있었어야 했다.

그냥 침입자가 생겼다고 컨테이너를 날리다니. 이후석의 마음 같아서는 두 사내를 찢어 죽여도 시원치 않았다.

하지만 이들은 이후석의 직속 수하가 아니다. 조직에서 내려 보낸 이들일 뿐.

그러므로 이들에 대한 처분은 조직의 소관이었다.

"침입자는 어떻게 생겼어?"

이후석은 화가 머리끝까지 치밀어 올랐다.

"그게……."

두 사내는 주저하면서도 이후석 앞에 준비한 초상화를

내밀었다.

휘익.

이후석은 초상화를 낚아채듯이 잡았다.

그러고는 곧 어이없는 실소를 터트렸다.

"으흐흐흐흐, 이게 뭐야? 니놈들 눈깔은 썩은 동태 눈깔이냐?"

초상화에는 20-30대의, 대한민국 어디서나 볼 법한 평범한 사내의 인상이 그려져 있었다.

딱히 인상착의라고 할 것도 없었다.

"면목 없습니다."

"면목 없습니다."

두 사내, 김춘추를 공격했던 닌자들은 고개를 푹 숙였다.

조직에서 훈련받은 이들 중 손가락에 꼽힌다던 자신들이 너무 경망스럽게 일을 처리했다.

침입자의 의도도 간파 못하고 자신들이 컨테이너 폐쇄를 할 만큼 성급한 결정을 내린 것은 물론이고 침입자의 신원 파악할 만한 단서조차 잡지 못한 것이다.

그나마 다행이라면 침입자가 컨테이너 폭발과 함께 죽었다는 것뿐이었다.

만약 침입자에게 공범이 있다면 이 문제는 아주 심각한 사항이 아닐 수 없었다.

닌자들은 이후석의 쏟아지는 질책에 어찌할 바를 몰랐다.

"연구는 여기까지다."

이후석은 닌자들을 죽일 기세로 쏘아붙였다.

"하, 하지만……."

"이 상황을 조직에 그대로 보고할 것이다. 너희들의 어이없는 실책으로 인한 것이니 날 탓할 수는 없다."

이후석은 단호하고 확고한 어조로 닌자들에게 일갈했다.

두 사내는 서로 눈빛을 교환하고는 이후석 앞에서 감쪽같이 사라졌다.

눈앞에 있던 두 사내가 순식간에 사라졌음에도 불구하고 이후석은 눈 하나 깜짝하지 않았다.

닌자들이 보이는 기예쯤은 이제 익숙해질 대로 익숙해졌다.

조직에 충성하기로 서약을 한 그날 이후로 말이다.

조직과 만난 것은 토사구팽 당할 위기에 처한 그를 구사일생으로 살렸다.

중앙정보부장에서 물러난 이후로 국회의원까지 해 먹지 않았던가.

지금은 이렇게 다시 움츠리고 있지만.

그래도 올해 자신에게 정치 사면이 내려졌다.

이 모든 게 조직에 충성을 맹세한 덕분이었다.

하지만 이후석은 지극히 이기주의자였다.

그에게 있어서 조직은 자신 다음이었다.

만분의 일 확률로 침입자에게 공범이 있다면?

그리고 그 공범이 컨테이너 배후를 찾는다면?

몇 단계 거쳐서 자신을 찾아내지 말란 법이 있는가.

그 컨테이너를 찾아낸 실력자라면 충분히 그러고도 남을 것이었다.

'그까짓 연구……'

이후석의 입가에 쓴 미소가 걸쳐졌다.

딱히 이해되지도 않고, 납득되지도 않는 연구였다.

뜬구름 잡는 소리에 불과한 연구이기도 했다.

물론 거의 성공에 다다랐다는 보고도 받았다.

하지만 이런 종류의 연구들은 늘 그렇다.

곧 성공이다.

곧 성공이다.

그러면서 끊임없이 사람들의 호주머니를 갉아먹을 뿐이었다.

실제로 그 성과가 보였다면 지금쯤 대한민국, 아니 전 세계가 달라져도 확연히 달라졌을 것이다.

그런 면에서 이후석은 권력의 파워, 힘을 숭상했다.

지금 그에겐 힘을 유지시켜 줄 재력이 더욱 필요할 뿐이었다.

일개 연구 나부랭이가 아니라.

❖ ❖ ❖

 이예화가 이동완 등을 동반해서 김춘추의 아지트, 관악산으로 향했다.
 "헉, 헉."
 피명인이 숨을 헐떡였다.
 이동완이나 지민 역시 다르지 않았다.
 고등학교에 입학한 이후로 제대로 된 운동을 하지 못한 까닭에, 관악산 정상 가까이에 있는 아지트는 그들에게 무척 벅찼다.
 "사내들이……."
 이예화는 그런 친구들을 한번 쏘아붙이고는 다시 부지런히 앞장서서 걸었다.
 어렸을 때부터 이곳을 방문한 그녀로서는 사내자식들보다 날렵하고 가볍게 산을 타고 있었다.
 하지만 지금 그녀는, 그들보다 산을 잘 탄다는 사실에 우쭐거릴 마음이 전혀 없었다.
 오로지 김춘추의 안위만 걱정되었기 때문이다.
 그럴 수밖에 없는 것이, 요 며칠 김춘추가 학교에 나오지 않았다.
 할머니 말로는 잠시 외국에 나갔다고 하나, 그녀의 느낌은 전혀 다르게 말하고 있었다.

혼자 이곳에 올 수도 있었지만 김춘추가 한국에 귀국한 이후로, 자신의 아지트 근처에 이예화가 어슬렁거리는 것을 싫어했다.

딱 잘라 어슬렁대지 말라는 경고까지 들은 그녀였기에 나머지 세 친구를 선동해서 이렇게 김춘추가 있을 법한 이곳으로 올라온 것이다.

뭐, 애들이 있으면 적어도 자신에게 대놓고 뭐라고 하지는 않겠지.

이예화는 살짝 입술이 삐죽 나왔다.

왜 그렇게 김춘추는 자신을 멀리하는지 모르겠다.

그의 할머니처럼 자신도 무녀 체질이라서?

이예화는 그런저런 생각에 빠져 있으면서도 걸음을 부지런히 놀렸다.

그 덕에 어느새 김춘추의 아지트가 있는 공터 부근까지 다다랐다.

그들은 풀숲을 제치고 앞으로 나아갔다.

그러자 넓은 공터가 그들의 눈앞에 드러났다.

그리고 공터의 한가운데에는 김춘추가 서 있었다.

"왔군."

김춘추는 이맛살을 살짝 찌푸렸다.

"네가 학교에 나오지 않으니깐 애들이 걱정하잖아."

이예화는 김춘추의 시선을 피해서 이동완과 지민, 피명

인을 보면서 말했다.

"어, 우리가 오자고 했어."

눈치 빠른 이동완이 이예화의 말에 맞장구를 쳤다.

그제야 지민도 사전에 입을 맞춘 대로 말했다.

"네가 뽑아 준 문제들 전부 다 공부했어. 이제 다시 뽑아 줘야 해."

"어, 맞아."

피명인도 지민의 말에 맞장구를 쳤다.

"그렇군."

김춘추는 이예화를 한 번 쳐다보고는 말을 이었다.

"이번 한 번뿐이다."

"어. 고마워, 춘추야."

이예화가 김춘추의 말에 배시시 미소를 지었다.

피명인은 그런 이예화의 모습을 넋을 놓은 채 바라보았다.

정말이지 이예화는 참 예쁘다.

그런 이예화가 김춘추를 좋아하는 것은 눈에 빤히 보였다.

하지만 김춘추는 이예화를 달갑지 않게 여기는 눈치였다.

'쩝, 내가 춘추라면 좋을 텐데……'

자신이라면 이예화 같은 여친이 있다는 것을 크나큰 자랑거리고 삼을 것 같다.

하지만 현실은 잔인했다.

무심한 김춘추만큼 피명인의 마음을 전혀 눈치 못 채는 무심한 이예화가 서 있을 뿐이었다.

그녀의 눈에는 오직 김춘추만이 보였다.

그런 그녀의 눈에 김춘추의 뺨에 흐릿하게 생채기가 나 있는 것이 보였다.

"네 뺨 왜 이래?"

"별거 아냐."

김춘추는 피식 웃으면서 대답했다.

사실 이 정도의 상처만 남은 것이 다행이었다.

며칠 전 컨테이너 폭발 때 그는 아슬아슬하게 폭발 현장에서 몸을 보호할 수가 있었다.

그 여파로 며칠 아지트에서 몸을 추슬러야 했지만.

어쨌거나 그때의 일은 이들에게도 함구해야 했다.

학교 행정 직원을 침투할 수 있는 조직.

일본의 닌자 같은 사내들이 있는 조직.

그리고 또 하나, 조직의 신변이 노출될 가능성이 일말이라도 있으면 연구원들이라고 해도 가차 없이 죽일 수 있는 조직이 이 세상에 얼마나 될까.

그야말로 영화에서나 나올 법한, 현대에선 있을 수 없는 일들이 은밀히 벌어지고 있다는 것을 그는 눈으로 확인했기 때문이다.

이런 시절이 언제였을까?

그런 조직이 있다는 것을 확인한 이상 이들의 섣부른 참여는 막아야 했다.

애초에 일이 이렇게까지 커질 줄은 김춘추도 예상하지 못했다.

신생 학교의 명성에 흠집을 내는 나쁜 소문을 근절하고자 시작된 조사였는데, 느닷없이 괴이한 조직과 맞닥뜨린 셈이었다.

그리고 그것은 김춘추의 관심을 충분히 끌었다.

수정구 하나만으로 말이다.

처음 그곳에서 수정구를 봤을 때의 충격이란.

어디선가 본 듯한, 기억이 전혀 없는 시절의 무언가를 엿본 불쾌한 기분이었다.

그리고 그의 심연의 바닥에선 알 수 없는 바람이 서서히 일어나고 있었다.

지금은 김춘추 그 자신도 인지 못할 정도의 작은 바람이었지만.

어쨌거나 이미 만들어 놓은 미스터리 홈즈 동아리를 김춘추는 그대로 해산시킬 마음이 전혀 없었다.

이건 이것대로 이들에게 기분 전환용으로 이용할 수 있기 때문이다.

그리고 또한 미스터리 홈즈 동아리의 유지 조건이 애초

그의 의도대로 꽤나 재밌기 때문이기도 했다.

재단의 명성을 높이는 데 일조할 수도 있고 말이다.

게다가 김춘추는 올림피아드를 준비하는 이동완, 지민, 그리고 피명인과 이예화가 눈치채지 못하게 조심스럽게 그들에게 자신의 기를 주입하고 있었다.

오랜 세월 동안 김춘추는 인간의 두뇌에 관해서 꽤 오래 연구해 왔다.

사람은 태어나서 자신의 두뇌를 최대한 활용한다고 해도 그 능력의 10퍼센트도 다 쓰지 못한다고 알려져 있었다.

김춘추는 기운을 자유롭게 활용해서 두뇌에 쌓인 탁기를 없애고 선기를 주입함으로써 두뇌 활용도가 높아진다는 것을 알아냈다.

두뇌 활용도가 높아지는 것만으로도 사람에 따라서는 천재급이라는 소리까지 들을 수 있었다.

김춘추 그 자신이 그러니깐.

그는 어떤 육체를 가지고 태어나도 자신의 선기를 이용해서 두뇌 활용도를 높여서 천재가 될 수 있었다.

이것을 지금 자신뿐 아니라 이들에게도 해 주고 있는 것이었다.

적어도 이들은 매일 밤샘 공부를 해도 피로감을 전혀 못 느낄 것이다.

오히려 머리가 맑아져서 공부에 대한 의욕이 더욱 높아

져 갈 게 뻔했다.

한 달여 가까이 김춘추가 이들에게 자신의 기를 나누어 주었기 때문에, 적어도 이들은 자신들도 모르게 수재급, 아니 영재급 정도까지는 무난하게 들을 수 있을 지경이 되었다.

물론 본인들은 아직까지 자신들의 상태를 눈치채지 못하지만.

예전보다 암기력이나 응용력 등이 몇 배나 높아져 있었다.

그러니 그동안 이들이 괴담에 대한 정보를 가져다주고, 타의적으로 올림피아드 대회에 나가게 된 것에 대한 보상은 충분히 하는 셈이었다.

김춘추는 그런 면에서 상벌이 확실한 편이다.

"시험이 일주일밖에 안 남았지?"

김춘추는 화제를 올림피아드 예선전으로 돌렸다.

비록 그 일에 이들을 끌어들이지 않는다고 해도, 적어도 올림피아드 예선전에서만큼은 이들에게 기대하는 바가 컸다.

각 학교에서 얼마나 많은 학생들이 올림피아드에서 성적을 올리는지, 장학퀴즈 대회에서 자신의 학교 이름을 올리는지 등, 이런 것은 학교의 명성을 올리는 도구였기 때문이다.

어디 그것뿐인가.

학교의 명성이 올라가는 것은 자연히 재단의 명성도 올라가는 것을 뜻했다.

신생 재단이 운영하는 학교에서 이런 인재들이 배출되면 그 이후 재단을 바라보는 시선이 확연히 달라질 게 뻔했다.

이미 김춘추는 한 마리 토끼, 학교 괴담 건은 자신 혼자 해결하기로 마음먹었지만.

두 번째 토끼, 올림피아드 예선전만큼은 이들의 능력을 최대치로 올려서 활용해야겠다는 목표만큼은 여전히 변함이 없었다.

수학, 물리, 화학, 생물.

이들은 올림피아드 예선전에 총 네 분야를 각각 맡았다.

수학은 이예화, 물리는 이동완, 화학은 지민, 생물은 피명인이었다.

"왜 네가 안 나가는지 모르겠다."

이예화는 수학이 주는 엄청난 압박감에 김춘추를 살짝 원망하면서 말했다.

"내가 나가는 것은 반칙이니깐."

김춘추는 당연하다는 듯이 말했다.

"그래, 네가 나가면 올림피아드 싹쓸이할 수 있을 텐데. 그냥 나가시지."

이예화가 약이 올랐는지 좀 전의 상황은 잊고 한마디 쏘아붙였다.

물론 그녀의 마음은 김춘추에게 잘 보이려고 애를 쓰고 있었다.

하지만 본디 성격이라는 게… 쉽게 그녀의 마음처럼 다스려지는 것이 아니었다.

그녀는 하고 싶은 말은 반드시 해야 직성이 풀리는 타입이었다.

"뭐… 꼭 그런 것은 아니지만 그렇게 이해해도 상관없고."

김춘추는 애매모호한 대답을 하고는 어깨를 한 번 으쓱거렸다.

사실 그녀의 말에 반박하려면 그가 감추고 있는 자신의 학력에 대해서 말해야 했다.

그는 이미 외국의 명문 대학교 졸업증서가 있기 때문이다.

하지만 굳이 그런 것을 이들에게 말하고 싶지 않았다.

그것을 말하게 되면… 다음 질문이 딸려 온다.

어떻게 고등학생으로 한국에 재입학했는가?

뭐, 사실 따지고 보면 재입학한 것이 아니다.

그냥 자신이 갖고 있는 재단 고등학교에 살짝 서류만 손을 본 것일 뿐.

하지만 대회를 나간다는 것은 전혀 다른 성격이었다.

그리고 애초에 김춘추는 어린아이들 지식 자랑 배틀 같은 올림피아드 대회에 자신이 낄 생각은 추호도 없었다.

그저 막후에서 자신의 재단이 빠른 속도로 명성을 얻을 수 있도록 조종하는 것이 더 즐거웠기 때문이다.

"우리에게 숙제는 잔뜩 주고, 자기는 이런 데서 놀기나 하고."

이예화는 며칠 동안 김춘추 걱정에, 그리고 지금 김춘추가 보여 주는 무심한 태도에 서운함이 폭발했는지 벌 떼처럼 쏘아붙였다.

하지만 이동완 등은 이예화의 말에 맞장구를 치지 않았다.

그들이 보는 김춘추는, 정말이지 이예화의 말대로 올림피아드를 싹쓸이할 실력이 될 것처럼 보였다.

그렇게 되면 자신들에게 전혀 기회가 없다.

그런데 김춘추가 자신들에게 기회를 주고 있었다.

그런 만큼 최선을 다해서 이 기회에 김춘추가 주는 공부법이나 숙제 등을 다 하는 것이 그들에게 최선의 방법이었다.

어차피 대학을 가기로 한 이상.

신림동에 살고 있는 이상.

서울대 한번은 가야 하지 않겠는가.

김춘추와 함께 공부하면서 느낀 것은, 그와 함께라면 서울대의 꿈은 결코 꿈이 아니라는 사실이었다.

"너희들, 공부할 준비됐지."

김춘추가 계속해서 잔소리하는 이예화를 무시하고 이동완등을 보면서 말했다.

"어, 공부해야지."

지민이 잽싸게 대답했다.

"내려가자."

김춘추가 한마디 하자 일행들은 일제히 뒤를 돌아 왔던 길을 내려갈 채비를 했다.

"칫."

이예화만이 김춘추의 옆에서 구시렁댔다.

하지만 그녀도 어쩔 수 없이 그들과 함께 발길을 돌려야 했다.

김춘추가 옆에 있으니깐.

'이걸 이하얀에게 전달해야 하는데.'

김춘추는 이들과 관악산을 내려오면서도 품 안에 있는 수정구를 떠올렸다.

마지막 순간, 그가 이하얀이란 이름이 쓰인 수정구를 포기했더라면 며칠 요양할 정도로 내상을 입지는 않았을 것이다.

살아온 세월만큼 얼마든지 자신을 보호할 비기는 있으니 말이다.

그만큼 수정구는 중요했다.

이하얀을 만나서 이 수정구가 어떤 역할을 하는지 알아내야 했다.
　이것만이 그곳이 어떤 조직인지 알 수 있는 유일한 단서였기 때문이다.
　'그나저나 이걸 어떻게 본인에게 전달할 수 있지?'
　김춘추는 이맛살을 찌푸렸다.
　단순히 전달만 하면 일이 끝나는 것도 아니기 때문이다.
　이하얀의 몸 상태와 이 수정구가 어떤 역할을 하는지 상관관계까지 알아내야 했기 때문이다.

　봉천여고, 이하얀은 어떤 의미에서 학생들 사이에서 널리 알려지게 되었다.
　이하얀이 암기의 능력을 잃게 되고 나서 말이다.
　그 전에는 단지 뛰어난, 암기의 여왕이라는 별명과 부러움의 대상 정도로 알려져 있었지만 지금처럼 전 학년이 전부 그녀를 아는 정도는 아니었다.
　원래 나쁜 소식은 오히려 더 빨리, 멀리 퍼지게 마련이었다.
　여학생들은 이하얀의 곁을 지나갈 때마다 수군거린다.
　"쟤가 이하얀이야."

"불쌍해라. 생긴 것은 예쁘게 생겨 가지고……."
"그렇지, 지 친구들 이름도 못 외운다더라."
"그래 가지고 집은 찾아갈 수나 있을까?"
"어머, 집이 문제야? 저래 가지고 학교 수업을 따라올 수도 없는데. 용케 학교에 면상을 디미네."
"뭐, 예쁘니깐 선생님들이 봐주겠지."
"지랄. 세상은 불공평해. 예쁜 것들은 공부 못해도 버젓이 면상 내밀고 다니네."

여학생들의 수군거림은 언제나 처음은 동정에서 시작해서, 그리고 점점 그녀에 대한 불평과 세상에 대한 부정으로 끝나게 된다.

이히얀이 기억력을 잃었다고 해도 자신을 두고 수군거리는 소리를 듣지 못하는 것은 아니었다.

"휴……."

이하얀은 깊은 한숨을 쉬면서 교문을 나섰다.

푸르른, 날도 좋은 10월의 하늘, 게다가 토요일이건만.

그녀의 기분은 정반대였다.

우르르 쏟아진 여학생들 사이에서 그녀는 외로웠다.

대부분의 여학생들은 코르덴 바지에 하얀 티와 점퍼를 걸치고 당대 최고의 가수인 조용필의 허공 등을 흥얼거리면서 교문을 나서고 있었다.

모두가 토요일이 주는 이른 귀가의 즐거움을 마음껏 누

리고 있었다.

하지만 그녀들 사이에서 이하얀만큼은 사복이 주는 자유로움도, 그토록 좋아하던 가수의 노래도 그녀를 위로해 주지 못했다.

이하얀을 알아보는 대부분의 여학생들은 그녀 들으란 식으로 수군덕거렸기 때문이다.

그녀의 바람은 딱 하나.

차라리 못 알아보는 척해 주기라도 했으면 좋으련만.

학교의 손꼽히는 재원이자 여학생들의 선망의 대상이던 그녀가 이제는 학교의 불명예요, 여학생들의 놀림감이 되어 버렸다.

'계속 학교를 다녀야 하는 걸까?'

이하얀은 생각했다.

하지만 이내 머리를 세차게 흔들었다.

잘 기억은 나지 않지만 엄마의 슬픈 얼굴이 떠올랐기 때문이다.

무슨 말씀을 하셨는데…

그것조차 기억이 나지 않는다.

물론 기억력이 확연하게 떨어지는 거지 그녀가 건망증을 앓는 것은 아니었다.

어쨌건 간에 그녀가 이제 와서 자퇴를 한다면 엄마는 더욱 슬퍼할 것이다.

고2 막판.

1년만 더 버티고 출석 일수라도 채우면 고등학교 졸업장을 준다.

여기서 자퇴를 한다면 과연 지금의 머리로 그녀가 검정고시를 보아서 고교 자격증을 딸 수 있을지……

이하얀의 머릿속은 온통 자신보다는 그녀의 엄마에 대한 걱정으로 가득 찼다.

아니, 자신을 조롱하는 여학생들을 비난하기보다는 자신이 이런 처지에 빠진 것을 자신 탓으로 여기고 있었다.

스윽.

집으로 향하는 이하얀의 앞을 누군가 가로막았다.

이하얀은 눈을 들어 상대를 바라보았다.

눈이 부시다.

그의 뒤에 햇빛이 반사되어 눈부신 햇살이 그녀의 눈을 자극했다.

이하얀은 자신도 모르게 눈부신 햇살로 인해서 살짝 인상을 썼다.

"도를 아십니까?"

상대는 이하얀이 인상을 쓰건 말건 자신이 하고 싶은 말만 했다.

"도, 도요?"

이하얀은 순간 자신이 잘못 들은 게 아닐까 하고 상대에게 되물었다.

너무도 황당했기 때문이다.

평소의 이하얀이었다면 남자들이 자신에게 말을 걸 때마다 차갑게 응수했을 것이다.

어렸을 때부터 예쁘장해서 그런지 꽤나 많은 남학생들이 그녀를 쫓아다녔기 때문에 남자들이 치근덕거릴 때 퇴치하는 방법으로 자연스럽게 그녀의 몸에 밴 습관이었다.

그런데 지금 그녀의 앞을 가로막은 대충 20대처럼 보이는 평범한 남자가 황당한 소리로 그녀의 발걸음을 멈추게 만들었다.

"그렇습니다. 지금 소저는 깊은 고민에 빠져 계시군요."

남자는 이하얀을 한 번 스윽 보고는 자신의 말을 중얼거렸다.

소저라니, 기가 막힌다.

게다가 깊은 고민이라니.

"아……."

이하얀은 자신도 모르게 탄식 소리를 냈다.

'도'라는 게 뭔지 모르겠지만 지금 남자는 사람을 보는 능력을 갖고 있나 보다.

하지만 아무리 착한 이하얀이라고 해도 무조건 남자의 말에 홀딱 넘어가는 바보는 아니었다.

기억을 잃었다고 해도 바보가 되는 것은 아니었다. 평소에 배인 습관이 남아 있지 않은가.

"제가 그렇게 보이나요?"

이하얀은 살짝 냉랭하게 말했다.

"음, 소저는 지금 뭔가를 잃어버렸는데요?"

남자는 이하얀의 얼굴을 내려다보면서 싱긋 웃었다.

순간 남자의 하얗고 고른 치아가 이하얀의 눈에 들어왔다.

빛난다.

남자의 등 뒤, 햇살이 빛나는 건지.

남자의 하얀 치아가 빛나는 건지.

아니면 방금 그가 말한 것에 자신이 관심이 가는 건지.

"어떻게 하면 되죠?"

이하얀은 자신도 모르게, 아마도 그녀의 가슴속에 응어리져있던 깊은 절박감이 울컥 치솟았는지 말이 툭 튀어나왔다.

"조상에 제사를 지내 주시면 됩니다."

남자는 이하얀의 질문에 천연덕스럽게 대답했다.

"제사를 꼭 해야 하나요?"

"제사를 잘 지내면 조상께서 학생을 도와줍니다. 보아하니 큰 문제에 직면한 것 같은데……."

남자는 제법 신통하게 말을 했다.

'도와준다…….'

이하얀은 남자의 말 중 '도와준다'는 소리가 귀에 맴돌았다.

달콤한 유혹처럼.

남자가 사기꾼이라는 생각이 스치지 않은 것은 아니다.

하지만 자신이 절박한 처지에 놓여 있고 뭔가를 잃어버린 것은 맞지 않은가.

제사 한 번에…

혹시라도…….

이하얀은 지푸라기라도 잡는 심정이 되었다.

끄덕끄덕.

그녀는 결국 남자의 말대로 제사를 지내기로 했다.

그러고는 손가락을 동그랗게 만들어 보였다.

돈을 내라는 것이었다.

"돈이 드나요?"

"거참, 집에 가서 어머니에게 물어보슈, 제사는 거저 지내나. 조상에게 제사 지내는 게 이것저것 차리는 게 많잖아."

상대는 조금 전까지의 태도와는 다르게 지극히 당연하다는 식의 반말 조로 대꾸했다.

"아, 돈은 지금 없는데."

이하얀의 조그맣고 새하얀 얼굴에서 절박한 표정이 떠올랐다.

이상하게 남자와 말을 하면 할수록 그 제사라는 것을 꼭 치러야 할 것만 같았기 때문이다.

"흠……."

남자는 살짝 고민에 빠진 듯 이하얀을 바라보았다.

꿀꺽.

이하얀은 남자의 침묵에 애가 탔다.

남자의 말은 구구절절 옳다. 제사라는 게 돈이 없으면 치를 수 없는 게 당연하지 않는가.

상대의 태도에 이하얀은 그가 사기꾼이 아니라는 결론까지 내리고 있었다.

그리고 그가 자신을 조금만 도와줬으면 좋겠다고 진심으로 생각하기 시작했다.

"일단 제사부터 지내 보고 나중에 조상의 은덕을 받으면 꼭 갚으슈."

마침내 남자는 마치 큰 인심을 쓴다는 식으로 말을 내뱉었다.

"아, 정말 감사합니다. 감사합니다."

이하얀은 자신도 모르게 남자에게 허리를 굽혀 인사를 했다.

이하얀은 남자가 이끄는 대로 서울대가 있는 주택가 주변으로 향했다.

집은 그녀의 예상보다 더 크고 깔끔했다.

포도나무가 있는 정원은 손질까지 잘 되어 있었다.

그런 집의 외관과 마당을 보고 이하얀은 그때까지 감돌던 긴장감이 다소 풀렸다.

외간 남자를 따라서 무턱대고 따라오다 보니 어린 그녀로서는 겁이 나는 것은 당연했다.

드르륵.

마루로 향하는 미닫이문이 열리고…

남자는 거침없이 미닫이문에서 정면으로 보이는 방을 향해서 걸어 들어갔다.

이하얀은 잠시 망설이다가 조심스럽게 신발을 벗고 열려진 방 쪽으로 들어섰다.

방을 들어서자 제일 먼저 향내가 그녀의 코를 자극했다.

그리고 잘 꾸며진 제단이 눈에 들어왔다.

확실히 이 남자는 사기꾼은 아닌 듯싶었다.

"절해."

남자는 제단을 가리키면서 말했다.

이하얀은 엉겁결에 남자가 시키는 대로 절을 했다.

"이제 날 따라서 다리를 이렇게 해 봐."

남자는 가부좌를 틀면서 이하얀에게 말했다.

상당히 건방진 태도였으나 지금 이하얀은 상대의 그런 태도 따위는 신경 쓸 겨를이 없었다.

낯설고 이색적이고 참으로 신묘하다.

그러나 자신의 상황이 더 절박하다고 여기는 이하얀으로서는 이런 이상하고 신묘한 분위기 따위는 신경 쓸 여유가 없었다.

"손바닥을 포개서 위로 향하게 하고."

남자는 이하얀의 자세에 지시를 내렸다.

"눈 감고."

남자의 말에 이하얀은 눈을 감았다.

스윽.

남자가 눈을 감고 가부좌를 틀고 있는 이하얀의 등 뒤로 바짝 다가왔다.

순간 이하얀의 신경이 곤두섰다.

그제야 자신이 무방비한 상태로 외간 남자, 그것도 그의 집까지 따라왔음을 실감했다.

"가만있어."

남자는 이하얀이 움찔하는 모습을 보았는지 명령조로 말했다.

그러고는 이하얀의 등 뒤, 그녀의 허리와 엉덩이가 만나는 경계선에 자신의 손바닥을 갖다 대었다.

이하얀은 남자의 손이 몸에 닿자 자신도 모르게 비명을 지를 뻔했다.

하지만 이내 상대가 자신을 추행하려는 의도가 아님을 깨달았다.

남자의 손바닥을 통해서 이하얀의 척추 아래에서부터 위로 무언가가 치솟는 느낌이 들었기 때문이다.

조금 전까지 이래라저래라 하면서 명령조였던 남자가 지금은 아무런 말을 하지 않는다.

그저 그의 고른 숨소리만 들릴 뿐.

이상하다.

기분이.

이하얀은 상대가 주는 그 무엇이 몸 안에 들어오자 편안감과 함께 약간의 흥분감까지 느꼈다.

'이런 게 다 있다니.'

이하얀으로서는 처음 겪는 신세계였다.

남자와 여자가 만나서 섹스를 할 때 이런 기분일까?

이하얀의 몸이 붕 뜨는 것만 같았다.

그녀의 새하얀 얼굴이 발그레 홍조를 띠었다.

남자가 그녀의 등 뒤에 있는 것이 참으로 다행이라고 생각했다.

시간이 흐를수록.

후끈후끈.

그녀의 안면 홍조는 더욱 깊어 갔다.

그리고 몸 안의 뜨거운 무언가가 계속해서 그녀를 흥분에 이르도록 자극하고 있었다.

"하아."

이하얀은 자신도 모르게 신음 소리를 내뱉었다.

그러고는 그런 자신이 무척 창피하다고 여겼다.

등 뒤의 남자는 딱히 아무런 말도 하지 않고 오로지 자신의 등에 손바닥을 댄 채로 집중하고 있었다.

툭.

그녀의 손바닥 위로 무언가가 차갑게 닿았다.

이하얀은 엉겁결에 눈을 떴다.

투명한 수정이 그녀의 손바닥 위에 놓여 있었다.

"눈 감아."

남자의 차가운 말소리가 그녀의 귀에 들려왔다.

스륵.

이하얀은 남자의 지시에 따라서 다시 눈을 감았다.

동시에 그녀는 자신의 손바닥을 타고 무언가 시원하고 익숙한 것이 두 팔로 뻗쳐 오는 것을 깨달았다.

이 시원한 그 무엇은 두 팔을 통해서 양 어깨로, 그리고 목덜미를 타고 머리끝까지 치솟았다.

기분이 좋았다.

잃어버린 뭔가가 되돌아온…

정말이지 그런 기분이었다.

주르주르르륵.

이하얀의 눈에서 눈물이 왈칵 쏟아졌다.

자신도 모르게.

"흑, 흑, 흑흑흑……."

그녀는 큰 소리를 내면 울었다.

요 이삼 주간 겪었던 서러움이, 참고 참았던 서글픔이 폭발해 버렸기 때문이다.

이후 얼마나 울었을까.

스윽.

눈물을 닦고 있는 이하얀의 앞에 종이 한 장이 내밀어졌다.

남자는 여전히 등 뒤에서 이하얀에게 말했다.

"외워 봐."

"……?"

이하얀은 뜻밖의 말에 앞에 놓인 종이를 응시했다.

영어 단어들.

언뜻 보아도 꽤 어려운 스펠링이 많은 단어들이었다.

'내가 외울 수 있을까?'

이하얀은 겁이 덜컥 났다.

하지만 용기를 내어 시선을 다시 종이 위 영단어들에게로 옮겼다.

그러자 참으로 신기한, 이상한 일이 벌어졌다.

영단어들이 빨려 들듯 그녀의 머릿속으로 쏙쏙 들어오는 게 아닌가.

얼마 전까지 보여 주었던 그녀의 천부적인 암기 능력이

되돌아온 것이었다.

아니, 그 전보다 나아진 게 있었다.

머리가 무척 투명하게 맑아진 기분이었다.

단지 암기뿐만 아니라 무엇이든지 할 수 있을 것만 같은 자신감마저 솟구쳤다.

"아……."

이하얀은 자신도 모르게 기쁨의 탄성을 냈다.

"흠, 성공한 셈이군."

남자는 그런 이하얀을 보면서 고개를 끄덕였다.

하지만 그는 이하얀의 상태가 완전히 마음에 드는 것은 아니었다.

이하얀은 순간 이상하다는 느낌을 받았다.

남자가 족집게 점쟁이 같다고는 생각했지만, 어떻게 자신이 암기력을 잃어버렸다는 것을 알았을까?

도대체 이 상황은 뭐지?

이하얀은 남자의 얼굴을 자세히 보려고 뒤로 돌아서려고 했다.

그때, 밖에서 요란한 소리가 들려왔다.

"춘추야, 우리 왔어!"

이하얀도 어디선가 들어 본, 소프라노의 여자 목소리였다.

"이런."

남자가 인상을 쓰는 게 아닌가.

이하얀은 고개를 갸웃거렸다.

그리고 뒤이어 들려온 목소리 하나.

"어, 1층에 춘추 신발이 있다!"

분명 이하얀의 기억이 맞다면, 피명인의 목소리가 분명하다.

친구의 친구인데 얼마 전까지 뻔질나게 친구 핑계를 대면서 자신과 이런저런 대화를 했기 때문이다.

"명인이가 왜?"

이하얀의 눈동자가 저절로 커져 갔다.

불쑥.

그리고 그녀의 예상대로, 1층 미닫이문이 열리고 피명인의 얼굴이 제일 먼저 보였다.

그 뒤로 신림고의 미녀로 손꼽히는 이예화가 자신을 째려보고 있는 것까지.

"어, 이하얀이잖아!"

피명인은 김춘추와 이하얀이 나란히 한방에 있는 것을 발견하고는 자신도 모르게 소리를 쳤다.

후다다닥.

이예화가 허겁지겁 신발도 벗는 둥 마는 둥 마루 위로 올라와 열린 방 안으로 들어서는 동시에 소리쳤다.

"너네들 여기서 뭐하고 있던 거야!"

"뭐하긴."

김춘추가 살짝 인상을 쓰고는 대수롭지 않게 받아쳤다.

이하얀은 이 상황을 아직도 파악하지 못하고 있었다.

얘들이 왜 이곳에 나타났는지, 그리고 20대의 남자에게 마구 반말을 하는 것 하며……

그러고 보니 방금 전 남자의 목소리가 아까 들은 것과는 다르게 어리게 느껴졌다.

이하얀은 황급히 뒤를 돌아보았다.

그녀의 입이 자신도 모르게 벌어졌다.

조금 전까지 분명 20대의 남자가 있었던 자리에 자신과 비슷한 또래의 남자, 그것도 꽤 잘생긴 남자가 앉아 있었기 때문이다.

처음 학교 앞에서 보았던 남자의 외모와 인상, 심지어 나이대까지 완전히 달랐다.

'도대체 어떻게 된 거지?'

이하얀의 머리는 뒤죽박죽이었다.

분명 남자는 한 번도 바뀐 적이 없다.

이하얀은 멍한 얼굴로 김춘추를 바라보았다.

"춘추야, 하얀이 울렸어?"

이예화를 뒤따라온 피명인이 이하얀의 얼굴에 남아 있는 눈물 자국을 보고는 눈치 없게 한마디 했다.

"기, 기가 막혀."

이예화는 그제야 이하얀의 얼굴에 나 있는 눈물 자국을 깨닫고는 손을 부들부들 떨었다.
마치 김춘추가 이하얀을 울리기라도 한 것처럼.
아니, 둘이 방 안에서 무슨 짓을 저지른 것처럼.
아니, 저질렀을지도 모른다.
이예화는 이하얀의 볼에 남아 있는 옅은 홍조까지 그사이 발견해 내었다.
"너네 둘이 여기서 뭘 한 거야?"
이예화의 목소리가 급격히 떨려 왔다.

제5장

사업, 그리고 왕자, 청와대

한 나라의 최고 명당자리라고 하면 당연 경복궁이 손꼽힐 것이다.

그 경복궁을 앞으로 뒤고 뒤와 양옆으로는 사람이 가기 힘든 깎아지는 듯한 인왕산으로 둘러싸인 파란 기와의 건물이 하나 우뚝 솟아 있다.

청와대.

그곳엔 대한민국 국민이라면 누구나 알듯 대통령이 집무를 보는 곳이었다.

12월 중순의 한낮.

대통령을 보좌하는 비서관들과 행정 업무를 담당하는 직원들이 머무는 사무실엔 여기저기 울려 대는 전화벨 소리로 가득했다.

"저어, 박 비서관님."

머리가 희끈희끈한 직원 한 명이 난처한 표정을 지으면서 30대의 비서관을 불렀다.

"뭐야? 웬만해서는 나 부르지 말랬지?"

1시간 전에 점심식사를 막 마친 박 비서관은 푹신한 제 의자에 앉아 낮잠을 청하고 있었다.

그는 직원 때문에 달콤한 낮잠을 방해받은 것이 몹시 불쾌한지, 이맛살을 찌푸리며 직원을 잡아먹을 듯이 노려보았다.

"저어, 어제 사우디 대사관에서 연락 온 것 확인 부탁한다는 롯데 호텔 측 전화입니다."

"흥."

박 비서관은 직원의 전화 내용에 코웃음을 쳤다.

그러고는 더욱 직원을 잡아먹을 기세로 소리를 질렀다.

"그따위 호텔 전화 하나 해결 못해서 날 깨워!"

박 비서관의 호통에 50대 초입에 들어선 직원이 쩔쩔매었다.

"그, 그게… 어제 비서관님께서……."

"그따위로 일하려면 사표를 써! 호텔 하나 해결 못하고. 이리 내!"

박 비서관은 직원을 한 번 더 노려보고는 전화기를 낚아

챘다.

그는 한 손으로는 귀를 후비면서 다른 손으로 수화기를 받쳐 들면서 상대가 본론을 말하기도 전에 소리를 질렀다.

"니까짓 게 뭔데 비서관에게 이래라저래라야!"

(그… 게…….)

수화기 너머 당황한 기색이 역력한 말소리가 흘러나왔다.

"뭔데 귀찮게 하냐고!"

(오늘 사우디 대사관에서 연락이 왔는데, 어제 이미 청와대에 연락을 취했다고 해서.)

"그게 뭔데!"

박 비서관은 여전히 낮잠을 방해받은 것이 짜증 나 있는 상태였다.

(저희는 청와대에서 연락 받은 게 없어서.)

"그래서?"

박 비서관은 아직 롯데 호텔 측에서 무슨 이야기를 하려는지 상황 파악이 되지 않았다.

아니, 언뜻 어제의 일이 기억나기 시작했다.

어제 사우디아라비아 대사관에서 귀인이 방문하니 롯데 호텔 스위트룸을 잡아 달라는 부탁을 받긴 했다.

하지만 대사관에서 전화했다고 해서 귀인이라는 게 다 대단한 사람들은 아니다.

더구나 어제 전화한 이는 사우디아라비아의 대사나 총영

사, 아니 부총영사조차 아니었다.

　겨우 2등 서기관이 전화를 해 오지 않았던가.

　안 그래도 어제 그 일 때문에 박 비서관은 기분이 몹시 불쾌하지 않았던가.

　아무리 사우디아라비아와 경제 협력 어쩌고 해도 그것을 남용해서 지네들 친척이나 떨거지들이 오는데 귀인 어쩌고 하면서 호텔 스위트룸 요구는 좀 심하지 않는가.

　물론 이것은 박 비서관의 전적인 오해에서 시작되었다.

　(연락 받으신 것은 확실하죠?)

　수화기 너머 상대의 다행이라는 한숨이 느껴졌다.

　'이것들이 왜 이러나?'

　"누가 왔는데 그래?"

　박 비서관이 소리를 빽 하니 질렀다.

　멈칫.

　그 바람에 사무실에 있는 사람들이 전부 박 비서관을 쳐다보았다.

　(사우디아라비아의 무함마드 왕자입니다. 수다이지 가문이랍니다.)

　"……."

　박 비서관은 순간 잠이 확 깨는 것이 느껴졌다.

　왕자, 그것도 수다이지 가문의 왕자.

　그것만이 그의 머릿속을 강타했다.

"바… 방 있지?"

박 비서관의 목소리가 순간 심하게 떨려 왔다.

(비서관님께서 감사히 확인해 주셨으니 어떻게든 확보해야지요.)

철컥.

전화는 그렇게 끝이 났다.

수화기를 들고 있는 박 비서관의 손은 덜덜 떨려 왔다.

지금 사우디아라비아와 대한민국, 양국의 관계는 매우 긴밀한 사이였다.

아니, 긴밀 그 이상으로 절대적인 관계에 놓여 있었다.

그런데… 최고 권력가 가문의 왕자가 방문하는 데 아무런 조치를 취하지 않았다.

지금 그에게 떨어진 당면 과제는…….

"니네들 이따위로 일할 거야!"

박 비서관은 자신에게 전화기를 건네준 직원과 다른 직원들에게 버럭 역정을 냈다.

사무실은 찬물을 끼얹은 듯 조용해졌다.

"왕자가 왔는데도 이따위로 대접을 해! 나에게 뭐라고 전달 한 거야! 만약 나에게 불똥이 터지면 니네들도 다 죽었어!"

박 비서관은 직원들에게 삿대질을 하면서 소리를 질렀다.

"저어, 지금 역정을 내시는 것보다는 당장 보고서를 올리는 것이 중요할 것 같습니다."

박 비서관에게 수화기를 건넸던, 청와대의 비서관실에서 잔뼈가 굵은 직원이 정중한 어조로 조언을 했다.

"니까짓 게……."

박 비서관은 직원에게 더 뭐라고 하려 했다.

하지만 그의 다음 말은, 어느새 등장했는지 황 비서실장이 나타남으로 말을 이을 수가 없었다.

"수다이지 가문의 왕자가 방문했다고?"

"그, 그렇습니다."

"일을 그르친 모양이군."

황 비서실장은 박 비서관을 한 번 노려보고는, 50대의 직원을 향해서 몸을 돌렸다.

"자네는 5분 내 보고서를 작성해서 나에게 넘겨주게. 바로 각하에게 보고해야겠네."

황 비서실장은 황급히 그렇게 말한 후, 박 비서관에게는 눈길도 주지 않고 롯데 호텔 측으로 전화를 걸라는 지시를 내리고 있었다.

그 덕에 찬물을 끼얹은 듯 조용했던 사무실이 활기를 띠면서 빠르게 돌아가기 시작했다.

다만, 박 비서관만이…

멀뚱멀뚱한 표정으로 황 비서실장의 눈치를 보고 서 있었다.

✦ ✦ ✦

 김춘추는 명동 입구, 롯데 백화점 건너편 버스정류장에서 내렸다.
 그의 표정으로 봐서는 번화가의 한복판에 온 것이 그다지 달갑지 않아 보였다.
 그는 지하도를 통해서 롯데 호텔로 이어진 출구로 건너갔다.
 이내 롯데 호텔의 정문이 그의 눈앞에 나타났다.
 호텔 정문에는 호텔 문지기가 빨간색의 외투를 입고 빨간 사각 모자를 쓰고 있었다.
 그의 얼굴에 호텔 안으로 들어서려는 김춘추를 보고는 망설이는 눈빛이 떠올랐다.
 김춘추의 복장이 그다지 호텔을 이용하려는 자들에 맞게 어울리지 않았기 때문이다.
 하지만 훤칠한 키와 잘생긴 외모 덕에 문지기는 김춘추를 통과시키기로 했다.
 물론 문지기가 혼자 잠깐 갈등을 한 그것을 김춘추는 알 리가 없었다.
 김춘추는 프론트까지 거침없이 걸어갔다.
 "예약하셨습니까?"
 프론트의 직원이 예의 밝은 미소로 김춘추를 맞이하면

서 물었다.

물론 그녀는 김춘추가 진짜 예약을 한 손님이라고는 생각지 않았다.

아마도 호텔 손님들 중 누군가의 손님이거나 알바를 하는 사내들 중 하나일 것이라 여겼다.

"무함마드 왕자님을 방문하러 왔습니다."

"무, 무함마드 왕자님?"

프론트 직원은 김춘추의 말에 깜짝 놀라면서 자신도 모르게 뒷걸음을 쳤다.

왕자가 두어 시간 전에 호텔 스위트룸에 묵게 된 것은 사실이었다.

그것으로 인해서 호텔 전체가 비상에 걸렸으니깐.

그렇다 쳐도 왕자가 이곳에 있다는 것을 알 만한 사람은 아직까지 없었다.

외부 기자들에게 유출될 만한 시간적 여유도 전혀 없었기 때문이다.

"저어……."

프론트 직원이 당황하는 것을 보고 프론트 총괄 매니저가 황급히 옆으로 다가왔다.

"전화해 보시죠. 김춘추가 왔다고 전하면 됩니다."

김춘추는 상대의 반응에 이미 익숙하다는 듯이 침착하게 말했다.

프론트 직원은 총괄 매니저의 눈치를 살폈다.

총괄 매니저는 잠시 고민하더니 고개를 끄덕였다.

사실 왕자를 찾아오는 사람들이 일일이 왕자에게 연락을 취해 달라고 부탁한다.

그것을 호텔 측에서 다 들어주었다가는 날벼락이 떨어질 수도 있었다.

하지만 이렇게 단시간에 왕자를 찾아온 것으로 보아서 그와 깊은 인연이 있는 사람일 수도 있다고 총괄 매니저는 판단한 모양이었다.

그리고 그 판단은 틀리지 않았다.

"무함마드 왕자님께서 올라오시랍니다. 저기 스위트룸으로 가는 엘리베이터는……."

호텔 프론트 직원이 프론트 밖으로 나오려고 했다.

"그냥 알려 주시면 제가 타고 올라가죠."

김춘추가 귀찮다는 듯이 고개를 저었다.

"네. 그러면… 저기 오른쪽으로 돌면 바로 스위트룸 전용 엘리베이터가 있습니다."

그렇게 말하는 호텔 프론트 직원의 눈빛에는 호기심과 선망, 그리고 약간의 두려운 기색이 함께 섞여 있었다.

"감사합니다."

김춘추는 직원에게 고개를 한 번 끄덕이고는 엘리베이터가 있는 오른쪽으로 돌아섰다.

그때, 프론트에서 요란한 비상벨 소리가 울렸다.

프론트 총괄 매니저는 재빨리, 비상벨이 울리는 전화기 쪽으로 다가갔다.

(대통령께서 지금 그곳으로 가십니다.)

"네, 준비하겠습니다."

총괄 매니저는 수화기 너머 청와대 담당자의 말에 침착하게 대꾸를 하고는 전화기를 재빨리 끊었다.

지금은 수화기 너머 청와대 직원의 비위를 맞출 시간이 없었다.

애초에 일이 이렇게 꼬인 것은 청와대 비서관 탓이었다.

두어 시간 전에 나타난 무함마드 왕자에게 간신히 스위트룸을 내준 것만으로도 총괄 매니저로서는 대처를 매우 잘한 셈이었다.

하지만 그는 연이어 대통령까지 바로 나타날 줄은 예상하지 못했다.

대부분 이런 VVVIP들이 방문하면 그날 밤은 청와대 만찬이 준비되는 것이 기본이었기 때문이다.

총괄 매니저는 몸을 돌려 프론트 직원에게 지금 전달받은 상황을 지시 내리려고 했다.

그런데 밖이 시끄럽다.

"뭐, 뭐야?"

총괄 매니저마저 당황하면서 물었다.

프론트 직원들도 영문을 모르는 눈치였다.

호텔 로비로 들어서는 문이, 수십 명의 검정색 양복을 입은 사내들에 의해서 활짝 열렸다.

그들의 양복 깃에는 무궁화 뱃지가 달려 있었다.

청와대 경호원들이었다.

방금 대통령이 방문한다는 전화를 들었는데, 이미 대통령은 호텔 로비에 들어서고 있었다.

총괄 매니저는 속으로 이 상황을 개탄할 수밖에 없었다.

운이 나빠도 단단히 나쁜 자신의 일진을 한탄했다.

"비행기가 떴다. 엘리베이터 확보해."

청와대 경호원의 한마디에 총괄 매니저는 재빨리 앞장섰다.

뒤이어 수십 명의 경호원들에 에워싸여 대통령이 걷고 있었다.

하필, 그 상황에 김춘추는 엘리베이터를 기다리고 있었다.

"너 비켜."

대통령을 에워싸고 있던 선두의 경호원은 스위트룸 전용 엘리베이터 앞에 떡하니 서 있는 김춘추를 보고는 나직이, 그러나 위협적으로 한마디 했다.

김춘추는 딱히 이 상황에 그들에게 대들고 싶은 마음이 추호도 없었다.

스윽.

그는 엘리베이터 앞에서 뒤로 물러섰다.

두 명의 경호원이 김춘추에게 다가왔다. 그러고는 그의 양손을 각각 잡고는 뒤로 꺾었다.

"뭐하시는 겁니까?"

김춘추는 어이가 없다는 표정을 지었다.

"가만히 있어."

김춘추는 경호원의 작태가 한심했다.

하지만 이내 경호원들에게 둘러싸여 있는 전세환 대통령을 발견하고는 더는 아무런 말을 하지 않았다.

괜히 여기서, 대통령 앞에서 경호원들과 시비를 붙을 필요까지는 없기 때문이다.

하지만 그의 기분은 급속도로 나빠졌다.

자신의 뒤로 꺾인 두 팔만큼.

그의 눈빛은 차갑게 변해 있었다.

안타깝게도 이것이 김춘추와 전세환 대통령의 첫 만남이었다.

한편 총괄 매니저는 경호원들이 앞서 온 왕자의 손님인 청년을 제압하는 것을 뒤늦게 발견하고는 발을 동동 굴렸다.

무함마드 왕자의 손님이라고 외치고 싶었지만, 지금 이 자리에는 대한민국 최고의 원수인 대통령이 있지 않은가.

그때…

휘이잉.

스위트룸 전용 엘리베이터의 문이 열렸다. 그러자 대통령과 몇 명의 경호원들이 탑승했다.

그제야 호텔 총괄 매니저는 김춘추를 붙잡고 있는 경호원들에게 다가갔다.

"할 말 있어?"

경호원은 총괄 매니저에게 고압적인 자세로 말했다.

"이분은 무함마드 왕자님의 손님이십니다."

총괄 매니저는 최대한 정중한 어조로 허리를 굽신거리면서 대답했다.

"……"

김춘추의 양팔을 꺾고 있던 경호원 둘과 그의 품속을 뒤지면서 전신 검문을 하던 경호원이 순간 움찔하는 것이 보였다.

타악.

김춘추는 자신의 팔에 가해진 힘이 순식간에 풀어지는 것을 느끼고는 그들의 손을 쳐 내면서 말했다.

"대통령 각하 앞인데 검문하는 거야 당연하죠. 그런데 말입니다, 팔까지 꺾는 것은 좀 심한 거 아닙니까?"

김춘추는 경호원들의 얼굴을 똑똑히 바라보면서 나지막하게 속삭였다.

순간 경호원들은 오한을 느꼈다.

고작 잘 봐 줘야 20대 초반일 녀석이다.

그런 녀석의 앞에 서 있는 것임에도 마치 대통령 앞에 서 있는 것 같은 압도적인 위압감이 그들을 찍어 누르는 것 같았다.

"너, 넌 뭐야?"

한 경호원이 자신의 목소리를 쥐어짜면서 물었다.

"저요? 지나가는 행인이올시다."

김춘추는 비꼬는 투로 한마디 내뱉고는 다시 내려온 엘리베이터를 타고 유유하게 왕자가 묵고 있는 스위트룸으로 향했다.

휘잉.

김춘추를 태운 엘리베이터가 스위트룸이 있는 층에 섰다.

"개새끼, 어떻게 올라왔어?"

엘리베이터의 문이 열리는 것을 확인한 청와대의 경호원 둘이 달려와 소리쳤다.

하지만 그들이 김춘추를 제압하기도 전에 무함마드 왕자의 경호원 둘이 엘리베이터 앞으로 다가왔다.

그러고는 김춘추를 향해서 허리를 굽혀 정중하게 인사하는 것이 아닌가?

청와대 경호원들은 순간 멍한 기분이 들었다.

이 청년이 누구길래.

순간 좀 전, 1층에서 벌어졌던 소란을 기억해 낸 이도 있었다.

"이쪽으로 오시죠."

왕자의 경호원 둘은 청와대 경호원들을 무시하고 김춘추를 안내했다.

"가도 되겠죠?"

김춘추는 청와대 경호원들에게 비꼬듯이 한마디 하고는 뒤도 돌아보지 않고 무함마드 왕자의 경호원들의 뒤를 따라갔다.

스위트룸.

김춘추가 들어서자 무함마드 핀 지예프 압둘아지즈 왕자가 자리에서 벌떡 일어섰다.

왕자의 맞은편에는 전세환 대통령이 앉아 있었다.

"왜 이렇게 늦게 왔어?"

무함마드 왕자가 어린애가 칭얼대듯 김춘추를 얼싸안으면서 물었다.

"뭐 하러 왔어?"

김춘추가 일부러 반말조로 무함마드 왕자에게 말했다.

그는 왕자에게 가끔씩 반말과 존댓말을 섞어 대화를 했다. 그만큼 김춘추와 왕자의 사이는 각별했다.

김춘추는 오히려 왕자에게 핀잔을 주듯이 대답했다.

"와, 우리 춘추께서 뭔가 심기가 불편한 것 같은데."

"알면 됐고."

김춘추는 힐끔 전세환 대통령과 경호원들을 바라보았다.

사실 경호원들과 이렇게 꼬이게 된 것 역시 따지고 보면 무함마드 왕자 탓이었다.

굳이 자신을 만나러 온다고 칭얼대서.

무함마드 왕자가 이렇게 갑자기 아닌 밤중에 홍두깨처럼 나타나지 않았더라면 김춘추 역시 피곤한 일을 당할 필요가 없지 않은가.

전세환 대통령의 입장으로서는 1층에서 보았던 청년이 유창한 아랍어로 무함마드 왕자와 친숙하게 대화를 하는 것을 보고 놀라지 않을 수가 없었다.

조금 전까지 자신의 입장을 냉랭한 표정으로 달가워하지 않던 왕자가 지금은 완전히 함박웃음을 짓고 있지 않는가.

전세환 대통령으로서는 자신도 모르게 쓴맛이 느껴졌다.

한 나라의 대통령으로서 체면이 말이 아니었다.

평범한 청년 한 명도 당해 내지 못하다니.

아니, 대통령뿐만 아니라 그 뒤에 서 있던 황 경호실장과 경호원들도 자신들의 눈앞에서 벌어지고 있는 상황에 눈이 휘둥그레졌다.

그리고 그들의 머릿속은 눈앞에서 벌어지고 있는 상황보

다 더 복잡해져 갔다.

오늘 이 일을 겪고 난 대통령이 청와대에 돌아가서 어떤 불호령을 낼지.

안 봐도 훤했다.

사실 전세환 대통령이 직접 이렇게 부리나케 달려온 데는 이유가 있었다.

원래라면 젊은 왕자의 비위를 맞추기 위해서.

사실 이 정도의 예우는 국무총리가 알아서 하면 될 상황이었지만.

왕자 일행에게 결례를 범한 비서관 때문인지 왕자 측에서 그날 밤 청와대의 만찬회 초대를 거절했다.

더구나 도착한 지 하루 만에 그다음 날 일본으로 넘어가겠다는 통보를 받고서는 대통령이 모든 일정을 뒤로 연기하고 부랴부랴 달려온 것이었다.

지금 사우디아라비아하고는 거액의 수주 건이 걸려 있었다. 하필 그 수주를 관할하는 국영 회사를 운영하는 부사장이 무함마드 왕자였다.

대통령으로서는 무함마드 왕자를 이대로 가게 둘 수는 없었다.

만일 일이 잘못되어서 수출에 악영향을 끼친다면.

가뜩이나 지지율 하락과 민주화 항쟁 운동이 더욱 거세질 것이 뻔했다.

그나마 경제를 잘 챙긴다고 하여 경제 대통령이란 이미지로 간신히 지지율을 유지하고 있었기 때문이다.

"각하, 제 친구를 소개하죠."

무함마드 왕자는 김춘추의 눈짓에 전세환 대통령에게 시선을 돌렸다.

그러고는 신 나는 목소리로 자신의 친구, 김춘추를 소개했다.

무함마드 왕자의 옆에 서 있던 통역관이 재빨리 왕자의 말을 전세환 대통령에게 통역했다.

"반갑네."

전세환 대통령은 그제야 체면 유지를 했다고 생각했는지 애써 인자한 미소를 띠면서 김춘추를 바라보며 손을 내밀었다.

"김춘추입니다, 각하."

김춘추는 예의 바른 어조로 전세환의 눈을 똑바로 쳐다보면서 그가 내민 손을 잡았다.

두 사내의 마주 잡은 손이 악수를 하는 순간 전세환은 김춘추에게서 상당히 강렬한 인상을 받았다.

절대 이 청년은 평범하지가 않다.

하긴 평범한 청년이 아랍의 왕자를 친구로 둘 수 있겠는가.

사람 일은 모르는 법이다.

김춘추를 바라보는 전세환의 눈빛이 순간 번득였다.

사실 그의 장점이 무엇인가.

바로 인재를 발견하고 그 인재를 위해서 아낌없이 내줌으로써 그를 포섭해 자기 사람으로 만드는 법을 아주 잘 알고 있었다.

"자네 같은 젊은이가 있어 대한민국의 미래가 밝아지는 걸세."

전세환은 그렇게 말하면서 김춘추의 등을 가볍게 두드렸다.

"감사합니다."

김춘추는 고작 친구 하나 사귄 것으로 자국의 대통령에게 대한민국 미래 운운하는 소리를 듣는 것이 내심 웃겼다.

권력의 힘.

만약 김춘추가 무함마드 왕자와 모르는 사이였다면 이런 소리를 들었을까.

하기야 인간의 역사에 권력을 빼면 남는 게 있을까.

그 끝없는 투쟁의 정점에 서는 것은 언제나 권력이었다.

권력을 차지하려는 이.

빼앗으려는 이.

지키려는 이.

김춘추는 무함마드 왕자와 전세환 대통령을 번갈아 쳐다보고는 속으로 씁쓸한 미소를 지었다.

어차피 이번 생, 제대로 살아 보기로 했다.

그 결과, 태어났을 때부터 주어진 각종 천형을 극복하고 이 나이까지 살아왔다.

그러니 그의 미래는 그가 결정한 대로 이미 정해져 있었다.

"내일이라도 친구분과 함께 청와대 만찬회에 오시지요."

전세환 대통령이 무함마드 왕자에게 제안을 했다.

"흠……."

무함마드 왕자는 대통령의 초대를 통역관으로부터 듣고는 다소 불쾌한 표정을 지었다.

분명 자신이 거절한다는 뜻을 청와대에 전달했다.

그럼에도 불구하고 대통령이란 자가 예고도 없이 달려와서 다시 재차 초대를 하는 것이 아닌가.

국제 관례상 이것은 상당히 예의 밖의 행동이었다.

이미 예고도 없이 호텔로 방문한 대통령을 참아 주지 않았던가.

뭐, 사전에 예약한 호텔이 제대로 예약되어 있지 않았던 일도 있고.

그러고 보니 김춘추가 아니었다면 무함마드 왕자는 벌써 이 나라를 떠나 버렸을 것이다.

"각하, 내일은 저희가 일본으로 출국합니다. 대신 다른 날에 꼭 무함마드 왕자와 함께 만찬회에 참석하겠습니다."

김춘추가 정중한 어조로 전세환 대통령에게 말했다.

뜻밖의 말에 전세환은 내심 의아했다.

아무리 친구라고 해도 중동의 최고 패권자, 사우디아라비아 최고 권력가의 왕자 일정을 김춘추가 마음대로 좌지우지할 수 있단 말인가.

설령 그가 초대를 한다고 해도 왕자가 응할지는 미지수가 아닐까?

전세환은 김춘추의 말이 허풍으로밖에 느껴지지 않았다.

다만, 무함마드 왕자와 함께 일본으로 출국한다는 말이 다소 신경에 거슬렸다.

"일본으로 가는 일정이 사전에 정해져 있었나?"

전세환은 김춘추에게 진심으로 궁금하다는 듯이 물어보았다.

"그렇습니다. 무함마드 왕자는 원래 오늘 하루 이곳에 묵을 예정이었고요."

김춘추는 전세환 대통령이 왜 이렇게 안달이 났는지 대충 돌아가는 상황을 이미 파악하고 있었다.

거액의 수주 입찰을 놓고 각국이 경쟁한다는 정보 정도는 김춘추도 이미 알고 있었다.

그러니 핵심 인물인 무함마드 왕자가 이 나라에 나타났다는 것만으로도 청와대에서는 안달이 났으리라.

김춘추는 속으로 쓴웃음을 지었다.

"다행이군. 본국의 결례에 미안하다고 나중에 전해 주게."

전세환 대통령이 인자한 미소를 연신 띠면서 김춘추에게 말했다.

사실 자국의 대통령이 일개 국민에게 이 정도로 말을 거는 것은 매우 특별한 일이었다.

전세환은 김춘추라는 청년을 손에 넣기로 마음먹은 이상 자신의 자존심 따위는 기꺼이 내팽개쳤다.

그사이 통역관으로부터 김춘추와 전세환 대통령의 대화를 통역 받은 무함마드 왕자는 기쁜 얼굴로 큰 소리를 치면서 김춘추를 또 한 번 안았다.

"오, 내가 또 자네한테 놀러 와도 되는 거지?"

"다음엔 변장 좀 하고 와라."

김춘추가 한숨을 쉬면서 무함마드 왕자를 놀리듯이 말했다.

"이 잘생김과 특별함을 감출 수가 있어야지."

왕자 역시 그의 말에 익살스럽게 대꾸했다.

전세환 대통령 역시 두 사람의 아랍어 대화를 통역관을 통해서 들었다.

그러고는 이내 또 한 번 놀랐다는 표정을 지었다.

도대체 이 청년이 누구길래 이토록 무함마드 왕자가 안

달이 났단 말인가.

허풍으로 여겼던 김춘추의 말은 절대로 허풍이 아니었다.

'정말 탐나는 청년이군.'

전세환의 눈빛이 번득였다.

그리고 그런 전세환을 마땅치 않은 눈으로 김춘추는 바라보고 있었다.

'이래서 왕자보고 오지 말라고 한 건데.'

전세환 대통령이 가고 난 후, 김춘추는 무함마드 왕자에게 잔소리를 했다.

"왕자님, 위치를 생각하셔야죠. 그냥 턱하니 쫓아오시면 어떻게 합니까?"

"흐흐, 미안하네."

왕자는 말만 그렇게 했을 뿐 진심으로 미안한 기색은 없었다.

"진작 우리나라에 놀러 오라고 하지 않았는가?"

"제가 한가해지면 어련히 가죠."

"자네가 언제 한가해질 건데? 아무리 봐도 한가해질 것 같지 않은데."

무함마드 왕자의 지적에 김춘추는 고개를 저었다.

"안 그래도 사업 때문에 왕자님을 조만간 뵈려고 했거든요."

"이런, 진작 전화 통화 때 얘기해 주었으면 이런 난리를 피우지는 않았을 텐데."

무함마드 왕자가 실실 웃으면서 대답했다.

"사업 이야기를 뭐 전화로 다 해결합니까?"

김춘추는 뚱하게 한마디 했다.

"그러지 말고 사업 얘기 하지."

무함마드 왕자의 눈빛이 빛났다.

김춘추가 사업을 하겠단다.

그로서는 호기심과 함께 큰 매력으로 와 닿았다.

이미 김춘추의 잠재성을 가장 크게 평가하고 있는 사람이 무함마드 왕자, 그 본인이었기 때문이다.

"원유와 천연가스 등을 개발, 생산하는 다국적 기업 하나 차려 보려고요."

"다국적 기업이라……. 자네가?"

"물론 왕자님도 제 사업 파트너죠."

"호오, 나도 지분을 주겠다는 건가."

"뭐, 이것저것 힘 좀 써 주시는 역할이죠."

김춘추가 대수롭지 않게 말했다.

"자네는?"

무함마드 왕자가 물었다.

"저야, 일선에 나서야죠."

"일선에 나선다라……."

"그리고 한 사람, 저에게 주셔야겠습니다."

"누구?"

왕자가 의아하다는 듯이 물었다.

그러자 김춘추가 무함마드 왕자의 뒤에 바짝 붙어 있는 사와디를 향해 시선을 주었다.

"사와디?"

왕자가 김춘추의 뜻을 알아채고는 물었다.

"저분이 회사 대표로서 제격인 것 같은데요."

"이유는?"

왕자는 진심으로 궁금하다는 듯이 물었다.

"어차피 왕자님은 현재 위치상 전면에 나서지 못할 것은 자명하죠. 그렇다고 제가 이 나이에, 저도 제 국적상 이것저것 걸리는 것이 점점 많아질 겁니다. 그러니 대표로 나서는 것은 어렵습니다. 또한 사업을 진행하게 되면 왕자님과 저 사이에 혹시라도 오해가 생길 경우도 발생할 수 있고……."

"그러니깐 적당한 얼굴마담이자 내 수하이니 날 배신할 리는 없고, 그런 자를 대표로 앉힘으로써 자네 또한 나의 신뢰를 계속 얻을 수 있다 이건가?"

"그렇죠."

김춘추가 고개를 끄덕였다.

"으흠, 지분은 그렇다면 내 쪽이 크겠군."

왕자가 득의양양한 미소를 띠었다.

"잊으셨습니까, 저는 왕자님의 돈이 필요하지 않다는 것을. 그러니 7 대 1 대 2입니다."

"7 대 1 대 2?"

"당연히 제가 7이고……."

"내가 2겠군."

왕자가 재빨리 김춘추의 말을 가로챘다.

"아니죠, 왕자님은 1, 저분이 2를 가지셔야죠."

"허허, 이것 참."

무함마드 왕자가 다소 황당하다는 표정을 지었다.

"어차피 왕자님은 힘이 필요하지, 지분이나 돈이 필요하지는 않으시잖습니까?"

"정곡을 찌르는군."

무함마드 왕자가 김춘추의 말에 고개를 끄덕였다.

김춘추는 쐐기를 박듯이 왕자에게 말했다.

"저분도 명색이 대표이자 저와 함께 돌아다녀야 하니 그 정도 보상은 당연하지 않을까요?"

"흐음, 듣고 보니 그렇군. 어차피 내 사람이니 내게는 힘을 주고 자네 둘은 돈을 갖겠다는 거군."

"역시 말이 통할 줄 알았습니다."

김춘추가 그제야 미소를 지었다.

사실 그가 구상하는 다국적 기업에서 왕자의 역할은 초기에만 어느 정도 필요할 뿐이었다.

왕자의 권력에 힘입어 전적으로 의지할 생각이 김춘추는 전혀 없었기 때문이다.

오히려 사와디 같은 사람을 얻는 것이 더 필요했다.

"사와디께서는 저와 함께 사업을 하시겠습니까?"

김춘추가 사와디의 얼굴을 보면서 물었다.

"……"

사와디는 지금 돌아가는 이 상황이 무엇보다 얼떨떨하기만 했다.

그리고 자신이 김춘추의 말에 바로 대답하는 것은 무함마드 왕자에 대한 예의에 어긋난다고 생각했다.

얼마 전에 당한 사건으로 인해서 안 그래도 은퇴를 생각하고 있던 차였다.

그의 나이도 이제 마흔 줄에 들어섰고.

한마디로 감이 떨어져서 로사디와 그 일당의 함정에 제대로 빠진 것이 두고두고 그의 경력에 큰 오점이 되었기 때문이다.

그런데 지금 왕자의 친우인 자가 자신을 왕자와 합작하는 회사의 대표로 내세우겠단다.

자신을 믿어 주는 것은 둘째 치고 한마디로 이 모든 상황이 이해가 가지 않았다.

그러면서도 진심으로 기뻤다.

자신이 왕자님을 위해서 할 수 있는 일이 있다는 것.
어떤 일이라도 마다하지 않을 각오가 이미 서 있었다.
"사와디, 내가 허락하네."
무함마드 왕자의 한마디에 사와디는 고개를 끄덕이면서 말했다.
"영광입니다. 앞으로 두 분께 충성을 다하겠습니다."
"저야말로 잘 부탁드립니다."
김춘추가 환히 웃으면서 대답했다.
'이것으로 대충 밑바탕 설계는 한 것인가?'
김춘추는 무함마드 왕자와 사와디를 번갈아 쳐다보면서 속으로 생각했다.
사실 김춘추는 사와디를 이미 일찍부터 눈여겨보았다.
그리고 그가 어떤 마음으로 왕자의 곁에 서 있는지, 이미 그의 눈초리와 자세를 보고 파악하고 있었다.
이런 자가 왕자와 함께 벌이는 사업의 대표로 가장 적격이었다.
물론 이것은 겨우 시작일 뿐이었다.
김춘추가 머릿속에서 그리고 있는 사업 구상에 비하면 이것은 빙산의 일각일 뿐이었다.

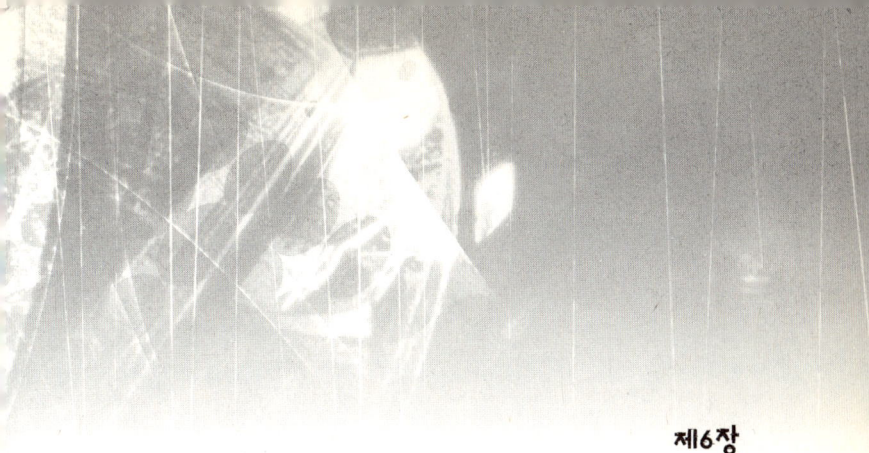

제6장

신물, 그리고 미래 예측

일본 나라현 사쿠라이의 깊은 산속.

김춘추는 무함마드 왕자와 함께 이 산속을 걷고 있었다.

물론 그들 주변으로 아랍인 경호원들이 따라붙고 있었지만.

"우리가 가는 곳이 어디라고 했지?"

"저기."

김춘추는 손가락을 들어 바로 앞을 가리켰다.

손가락의 끝에는 조그만 신사가 한 채 서 있었다.

"탄잔진쟈라고 해, 중신겸족을 모시는 사당이지."

"탄잔진쟈… 중신겸족? 일본 사람인가."

무함마드 왕자가 얼핏 이해되지 않는 듯이 고개를 갸웃

거렸다.
 일본까지 와서, 굳이 일본 사람의 사당을.
 그것도 이렇게 깊은 산속에 있는 사당까지 김춘추가 와야 하는 이유를 이해할 수 없었기 때문이다.
 "백제 사람."
 김춘추가 말했다.
 "백제?"
 무함마드 왕자가 제아무리 지식이 넓다 해도 다른 나라의 고대 국가까지 해박하게 알 리는 없었다.
 "고대 한국의 여러 나라 중 하나지."
 "아……."
 무함마드 왕자는 그제야 고개를 끄덕였다.
 하지만 여전히 이해가 안 간다는 표정을 지었다.
 하지만 김춘추는 왕자의 의문에 시시콜콜 설명해 줄 마음은 없었다.
 이 정도만 얘기해도 왕자의 정보력이면 금방 알아낼 테니 말이다.
 김춘추는 사당을 지그시 바라보았다.
 제법 손질이 잘 되어 있었다.
 만족스러웠다.
 그럼에도 사당에 대한 그의 감상은 딱 하나였다.
 '명령을 잘 지켰군.'

김춘추와 왕자 일행이 사당 입구에 들어섰다.

그러자 사당을 지키던 신쇼쿠(한국으로 치면 절의 주지 같은 자)가 느닷없이 닥친 수많은 사람들의 수에 놀란 토끼 눈으로 황급히 쫓아 나왔다.

김춘추는 신쇼쿠에게 유창한 고대 일본어로 말을 걸었다.

"이곳이 중신겸족을 모시는 사당 맞습니까?"

사당을 지키던 신쇼쿠, 하츠메 후지이라는 김춘추의 말에 기절초풍할 것 같은 표정을 지었다.

하지만 속단은 금물이었다.

누구든 그가 될 수 있다.

자신들에 대해서 아는 자들이라면.

"맞습니다만……."

하츠메 후지이라는 떨리는 가슴을 진정하고 오래전부터 훈련받은 대로 김춘추의 얼굴을 유심히 바라보았다.

하지만 아무리 바라보아도 그분의 흔적을 전혀 느낄 수가 없었다.

그런데 그 당시의 일본어라니.

사실 하츠메 후지이라도 선대의 신쇼쿠에게 훈련받지 않았더라면 제대로 발음하지도 못할 6세기에 사용하던 일본 고대어였다.

하츠메 후지이라의 손은 자신도 모르게 덜덜 떨리고 있었다.

그것을 눈치 못 챌 무함마드 왕자가 아니었다.

그는 김춘추와 하츠메 후지이라의 얼굴을 번갈아 쳐다보았다.

궁금하다.

도대체 한국도 아닌 일본, 그것도 깊은 산속까지 와서 친우는 도대체 무엇을 하려고 한단 말인가.

일본어라면 단순한 단어들은 그도 몇 개 알고 있었다.

하지만 그가 언뜻 듣기에도 두 사람의 대화는 일반적인 일본어가 아니었다.

사업상 각 나라의 사람들을 만나 본 무함마드 왕자가 그것을 모를 리가 없었다.

그래도 형제들 중 가장 뛰어나다고 평가를 받아서 삼촌들이 장악하고 있는 사업에 머리를 내밀고 있는 그가 아닌가.

신사의 마당은 김춘추, 무함마드 왕자, 그리고 그 수행원들 10여 명과 이곳의 신쇼쿠인 하츠메 후지이라로 꽉 차 있었지만…

오히려 정적이 흐르고 있었다.

모두가 이 상황을 의아한 듯, 혹은 다른 감정으로 단 한 사람을 바라보고 있었다.

김춘추.

도대체 그는 이곳에서 무엇을 하려고 하는 걸까.

왕자의 수행원들도 사와디를 포함해서 모두가 김춘추의

행동 하나하나에 시선을 집중하고 있었다.

그것을 아는지, 모르는지…….

"그것을 받으러 왔습니다."

김춘추는 태연한 표정으로 하츠메 후지이라에게 요구했다.

"그, 그것이라뇨?"

하츠메 후지이라는 짐짓 모른 척 대꾸했다.

하지만 그의 머릿속에는 엄청난 경종이 울리고 있었다.

'침착해, 그가 아닐 수도 있어. 천이백 년이 흘렀잖아. 그 사이 우리 가문의 정보가 새어 나갔을지도 모른다.'

하츠메 후지이라는 눈앞에 서 있는 김춘추를 두고 속으로 긴 세월만큼 생길 변수에 대해서 선대 신쇼쿠에게 들었던 당부들을 떠올렸다.

사실 그의 세대에 와서… 그가 맡은 임무에 대한 분위기는 다소 회의적이었다.

다만 가문이 암암리에 자국 내에서 권력을 유지할 수 있었던 가장 큰 힘이자 가문의 기원이었기에.

후지이라 가문은 오래전, 아니 까마득한 천 년 전의 명령을 아직도 수행하고 있었다.

그런 점만 보아서는 후지이라 가문 사람들의 뚝심을 엿볼 수가 있었다.

아니, 어찌 보면 당연했다.

그 가문의 핵심, 권좌였던 중신겸족의 후예들이니깐.

그리고 천 년 동안 내려온 이 일은 가문을 열었던 중신겸족의 둘째 아들인 하츠고 후지이라가 부친의 명령을 수행하면서 시작되었으니깐.

짝짝짝!

김춘추는 느닷없이 박수를 쳤다.

그러고는 만족스런 미소를 지으면서 말했다.

"잘 유지되고 있군. 하츠고, 아니 부여오가 훈련을 잘 시켰어."

하츠메 후지이라는 순간 뒤통수를 맞은 듯한 멍한 표정을 지었다.

하지만 이내 그 표정은 순식간에 사라지고 어느새 평정심을 되찾은 태도를 보여 주었다.

오랜 세월 동안 이런 일이 생기면… 이라는 훈련을 받았지만 아무런 일도 일어나지 않았다.

그가 그랬고 선대의 신쇼쿠가 그랬고, 그 전 선대의 신쇼쿠들이 그랬다.

그래서 김춘추의 갑작스런 등장에, 처음엔 긴장도 하고 손까지 떨었다.

하지만 시간이 흐를수록 하츠메 후지이라는 오랜 훈련대로 침착성을 되찾고 있었다.

하지만 그 침착성도 그의 속마음을 진정시켜 주지는 못

한다.

김춘추가 방금 내뱉은 이름 하나 때문이다.

부여오.

가문의 시조, 하츠고 후지이라의 본명을 지금 김춘추가 말했으니깐.

이것은 가문 사람들도, 아무리 가문의 수장이라고 해도 알 수 없는 이름이었다.

바로 신쇼쿠들 사이에서만 내려오는 은밀한 이름이었다.

"정말 죄송합니다. 죄송합니다. 무슨 말씀이신지 당최 이 신쇼쿠는 모르겠습니다."

하츠메 후지이라는 김춘추의 말에 허리를 깊이 숙이면서 말했다.

하지만 그는 자신을 신쇼쿠라고 가리킴으로써 첫 번째 시험에 김춘추가 통과했음을 알려 주고 있었다.

김춘추는 그것을 열기 위해 필요한 행동과 필요한 이름을 언급했기 때문이다.

하지만 첫 번째 시험을 통과했다고 해서 신쇼쿠가 그것을 바로 내주는 것은 아니었다.

그는 짐짓 모른 척했다.

이 역시 훈련받은 태도였다.

하지만 그 장면을 본 무함마드 왕자와 수행원들은 액면 그대로 믿었다.

김춘추의 일이 상당히 꼬이고 있다고 판단했다.

하지만 김춘추는 달랐다.

그는 하츠메 후지이라의 신호를 알아듣고 있었다.

그럴 수밖에.

그는 건조한 목소리로 신쇼쿠에게 말했다.

"잠시 신사 안에 들어가서 중신겸족을 알현할 기회를 주시겠습니까?"

"아, 알겠습니다."

하츠메 후지이라는 김춘추의 말에 두 손을 모아 가슴에 대면서 대답했다.

그의 가슴에 닿은 두 엄지에서는 신쇼쿠의 심장의 세찬 고동 소리가 닿고 있었다.

두 번째 시험, 이곳은 중신겸족을 모시는 사당.

관광객이든, 가문의 사람들이든.

그들은 한결같이 사당 안을 들어가면서 당연하다는 듯이 신쇼쿠에게 중신겸족을 참배하러 왔다고 말한다.

하지만 김춘추는 '참배'가 아닌 '알현'이란 단어를 내뱉었다.

이것이 바로 두 번째 시험, 그임을 증명할 수 있는 단어였다.

하지만 아직 남은 시험들이 사당 안에서 기다리고 있었다.

"들어가시죠."

신쇼쿠 하츠메 후지이라는 고동치는 심장 소리를 애써 누르며 사당 안을 손으로 가리켰다.

김춘추는 더는 아무런 말도 없이 사당 안쪽으로 눈길을 주었다.

그러고는 무함마드 왕자를 향해서 입을 열었다.

"왕자님은 좀 기다려 주셔야겠어요."

"여기까지 와서 비밀이란 말인가?"

"억지로 따라온 것은 왕자님이시잖아요."

"재미없는걸."

무함마드 왕자의 얼굴에 아쉬운 빛이 스쳤다.

"그래도 여기까지 제가 모셔 온 겁니다. 저에 대해서 다른 친우들보다 꽤 많이 알게 되시리라 여겨지는데요?"

김춘추가 재밌다는 식으로 왕자의 말에 응수했다.

"어쩔 수 없군. 기다리지."

무함마드 왕자는 더 이상 조르는 것이 불가능함을 깨달았는지 팔짱을 끼고는 고개를 끄덕였다.

김춘추의 지적대로.

이 정도로도 그에 대해서 어느 정도 꽤 많이 다가간 것은 분명하니깐.

너무 깊숙이 파고드는 것은 친우에 대한 결례이기도 했고.

무함마드 왕자도 다가갈 때와 물러나야 할 때를 구분은 하고 있었다.

김춘추는 그를 안내하는 신쇼쿠와 함께 사당 안으로 들어가 버렸다.

휘이잉.

신사의 조그마한 마당에는 무함마드 왕자와 그의 수행원 십여 명만이 멀뚱하게 서 있었다.

누군가 만약 이 상황을 본다면, 지금 저 경내에 멀뚱멀뚱하게 서 있는 사람이 어제 롯데 호텔에서 대한민국의 대통령까지 쫓아오게 만들었던 그 무함마드 왕자와 동일한 사람이라고는 생각지 못할 게 당연했다.

일본 서기 645년 6월, 아스카 판개궁.

아스카 시대의 중신인 중신겸족, 후지이라노 가마타리는 사이메이 천황을 알현하고자 알현실에서 무릎을 꿇고 고개를 숙인 채 기다리고 있었다.

"천황 폐하 만세!"

그가 앉아 있는 곳, 문 뒤에 서 있던 시종들과 시녀들이 무릎을 꿇으면서 외치는 소리를 들었다.

사이메이 천황이 알현실에 들었다는 신호였다.

후지이라노 가마타리 역시 두 팔과 이마를 바닥에 대고 조아렸다.

"천황 폐하 만세!"

후지이라노 가마타리도 시종들과 시녀들이 그랬던 것처럼 충성의 모습을 보였다.

"우리 사이에 그만 됐습니다."

사이메이 천황의 가늘고 다소 높은 목소리가 알현실 권좌, 길게 늘어진 발 뒤로 들려왔다.

그녀의 목소리에는 명백하게 그의 방문을 마땅치 않아 하는 기색이 역력했다.

그럼에도 그의 방문을 받아들여야 했던 것은.

바로 후지이라노 가마타리가 한때는 중신들을 쥐고 흔드는 최고 수장이었기 때문이다.

더구나 그는 아직까지도 일본 내에 가장 추앙받는 음양사이기도 했다.

게다가 그와 특별한 인연으로 인해 그의 한마디 한마디가 사이메이 천황의 목을 옥죄고 있었다.

후지이라노 가마타리는 천황의 말에 머리를 들었다.

그의 앞에는 여전히 길게 늘어진 발처럼.

멀리 떨어져 있는 권좌처럼.

천황, 그녀와의 거리를 말해 주는 것처럼 느껴졌다.

한때 그녀가 정말 자신의 연인이었을까 싶을 정도로.

이제는 이만큼의 거리.

돌아올 수 없는 강을 건넌 사이가 되어 버렸다.

사이메이 천황, 다른 이름으로 제왕천황은 그와는 같은 핏줄.

정확히는 백제 왕족의 핏줄이었다.

어렸을 때 당시 백제 왕의 명령을 받들어 두 사람은 일본으로 건너와 아스카 시대의 찬란함을 여는 데 일조를 했다.

왕녀로서 사이메이 천황은 훗날 떨어진 백제 왕의 명령에 당시 황자였던 조메이 천황의 아내가 되었다.

그리고 조메이 천황이 일찍 정적에 제거된 후-정확히는 후지이라노 가마타리, 그 자신이 벌인 일이었다- 어린 아들을 핑계로 천황의 아내였던 사이메이가 권좌에 올랐다.

그리고 이제는 그녀가…

그녀가 후지이라노 가마타리의 앞길을 막고 있었다.

사이메이 천황과 후지이라노 가마타리는 아무런 말도 없이 서로를 노려보았다.

"제게 아직도 할 말이 있으신가요?"

사이메이 천황이 불쾌한 기색을 역력히 띠면서 말했다.

"우리의 목적은 아직도 진행 중입니다."

후지이라노 가마타리가 담담한 어조로 대답했다.

쾅!

사이메이 천황이 주먹을 내리치면서 소리쳤다.

"언제까지 우리가 백제 왕 따위에게 연연해야 하죠?"
"목소리가 높습니다."
후지이라노 가마타리가 건조한 음성으로 말했다.
"당신은 언제나 그런 식인가요? 당신의 눈에는 당신의 형밖에 보이지 않습니까? 저는… 저는 그렇게 하찮은 존재랍니까?"
사이메이 천황이 솟구치는 감정을 터트리면서 말했다.
그녀의 단단한 가슴 깊숙한 곳에서 오랜 세월 쌓아 왔던 슬픔이 한꺼번에 몰려왔다.
"제 충성은 변함이 없습니다."
후지이라노 가마타리가 대답했다.
"당신의 앞에는 제가 있고, 제 자식이 있습니다, 우리 백성들이 이곳에 있습니다. 그런데도 당신의 눈과 마음은 여전히 머나먼 곳만 바라보고 있군요. 그가 당신을 배반하고 당신의 뜻대로 움직여 줄 것 같습니까?"
"그렇다면 그것은 제 운명입니다."
후지이라노 가마타리가 사이메이 천황의 말에 여전히 흔들림 없는 자세로 대답했다.
"흥, 최근 그의 행보를 보아서는 어림도 없을 겁니다. 이곳뿐 아니라 한반도, 대륙의 패권을 쥐고자 하는 당신의 야심을 제가 모르실 줄 알았습니까? 하지만 이거 아십니까? 당신의 형이 당신이란 그릇을 담기에는 부족한 사람이라는 것을……."

 사이메이 천황은 거침없이 후지이라노 가마타리의 약점을 공격했다.

 사실 그녀의 말은 옳았다.

 후지이라노 가마타리의 이복형이자 백제 왕인 그는 최근 들어 아주 이상한 행보를 보이고 있었다.

 아무래도 그와 멀어진 거리만큼…

 주위의 대신들이 속삭이는 꾐에 점점 빠져들고 있는 것처럼 보였다.

 후지이라노 가마타리는 만약 상황이 자신의 뜻대로 흘러가지 않는다면, 그것 역시 하늘의 뜻일 것이라 이미 받아들이고 있었다.

 다만, 그가 할 수 있는 최선을 다할 뿐.

 "하늘의 뜻만이 존재하겠죠."

 후지이라노 가마타리가 담담한 어조로 대답했다.

 "흥, 기어코 저와 갈라서겠단 뜻으로 받아들이겠습니다. 저는 이 시간부로 오로지 이 나라, 이 백성들만을 위한 천황이 되겠습니다."

 사이메이 천황이 선포하듯이 말했다.

 "그러시죠."

 후지이라노 가마타리가 담담한 어조로 말했다.

 "당신……."

사이메이 천황의 목소리가 순간 흔들렸다.

"말씀하시죠."

후지이라노 가마타리는 여전히 흔들림 없이 대답했다.

"다, 당신……."

사이메이 천황은 말을 잇지 못하고 자리에서 일어섰다.

그녀의 손이 허공을 향해 올라가고 있는 것이 보였다.

무척 아름다운 손이었다.

하지만 그 손에는 크나큰 슬픔이 배어 있는 것만 같았다.

사이메이 천황의 손이 그녀의 어깨 위로 올라가자…….

파파파팟-!

일순간 장막 뒤에 숨어 있던 궁수들이 후지이라노 가마타리를 향해 화살을 쏘아 댔다.

근거리에서 쏘아 댄 수십 발의 화살이 날아왔다.

화살이 금방이라도 후지이라노 가마타리의 몸을 꿰뚫을 듯 쇄도했다.

하지만.

투투투퉁-!

"어, 어떻게?"

권좌에 서서 그의 죽음을 지켜보고자 했던 천황의 눈이 휘둥그레졌다.

자신의 연인마저 제거하려던 천황은 귀신이라도 마주한 것처럼 놀라고 있었다.

신물, 그리고 미래 예측 • 189

수십 발의 화살이 난사되었던 후지이라노 가마타리 주변에는 온통 화살이 떨어져 있었다.

그의 몸에는 조금의 상처도 내지 못한 채 말이다.

활을 쏘던 궁수들, 그리고 사이메이 천황마저도 숨을 죽였다.

상대는 음양사.

그것도 아스카 시대 최고의 음양사라고 추앙받는 후지이라노 가마타리.

그가 지금 그들 눈에서 보여 주는 술법은 대체 뭐란 말인가.

그를 두고 암암리에 도는 소문, 그가 사람이 아닐지도 모른다는 말이 사실일지도 모른다.

후지이라노 가마타리와 어린 시절 함께 일본으로 들어와 연인으로 지냈던 사이메이 천황마저 지금은 자신의 눈앞에 앉아 있는 그가 정말 그인지 의문마저 들었다.

"다 했습니까?"

후지이라노 가마타리의 말이 정적을 깼다.

털썩.

사이메이 천황이 자리에 주저앉았다.

"이것으로 천황, 당신의 뜻은 알겠습니다. 최근 들어 소가노 이루카와 너무 많은 시간을 보내시더군요. 앞으로는 나카노오에 황태자의 말에 조금 더 집중하십시오."

후지이라노 가마타리가 처음과 마찬가지로 건조한 음성으로 말했다.

"……."

사이메이 천황은 아무런 말도 할 수 없었다.

그러나 지금 그녀는 후지이라노 가마타리가 말하는 뜻을 똑똑히 알고 있었다.

그리고 그녀의 예측은 틀리지 않았다.

다음 날, 그녀의 아들이자 황태자인 나카노오에가 권신인 소가노 이루카를 불러들였다.

그리고 그를 시해했다.

자신이 후지이라노 가마타리에게 했던 똑같은 방법으로.

그와는 달리, 소가노 이루카는 화살의 첫 발에 그 자리에서 쓰러졌다.

그것으로 사이메이 천황, 그녀의 시대는 막을 내렸다.

물론 여전히 천황의 자리에 앉아 있었지만.

그녀의 아들, 나카노오에 황태자가 전권을 쥐고 흔들게 되었다.

물론 그 뒤에는 후지이라노 가마타리가 존재했다.

김춘추는 나라현에서 도쿄로 건너왔다.

그는 일본 수도, 도쿄의 이곳저곳을 관광객처럼 돌아다녔다.

물론 그 옆에는 무함마드 왕자도 함께 있었다.

이번에는 수행원을 대동하고 있지 않았다.

그렇다고 수행원이 왕자를 따라다니지 않은 것은 아니었다.

다만 옆에 없을 뿐, 근거리에서 김춘추와 왕자를 은밀히 보호하고 있었다.

"왕자님, 안 바쁘십니까?"

김춘추가 왕자의 얼굴을 빤히 쳐다보면서 물었다.

"자네에 대해서는 한가하지."

왕자가 대꾸했다.

"벌써 며칠째 저만 따라다니시니까 말이죠."

"나 방학이잖아. 누구처럼 조기 졸업을 할 수 있는 것도 아니어서······."

무함마드 왕자가 진심 부럽다는 식으로 김춘추를 쳐다보면서 말했다.

"대신 왕자님은 왕자란 위치와 돈이 있잖습니까?"

"난 다 갖고 싶은데?"

왕자가 어깨를 으쓱거렸다.

"그러세요."

김춘추가 일일이 반박하기도 귀찮다는 듯이 말을 끝냈다.

"어떻게 가질 건지 안 물어봐?"

왕자가 아쉽다는 듯이 물었다.

"뻔하죠."

김춘추의 어깨가 한 번 들썩거려졌다.

"뻔하다니?"

왕자의 눈빛이 재밌다는 듯이 빛났다.

"널 갖겠다, 뭐… 이런 오글거리는 대사를 치려고 하신 거 아닙니까?"

김춘추가 생각만 해도 징그럽다는 듯이 말했다.

"어, 알고 있었네. 진심으로 말하지만 난 널 가질 거야."

무함마드 왕자가 놀리듯이 말했다.

"설마 남색은 아니시겠죠?"

사실 김춘추도 진짜 왕자가 그럴 거라고는 생각하지도 않았다.

일부러 왕자를 자극하기 위해서였다.

요 근래 너무 심하게 자신을 쫓아다니는 왕자를 슬슬 떼어 낼 필요도 있었고.

"내가 그렇게 보이나? 지금 내 옆에 수행원들이 있었다면 자네 말이 내뱉어지는 동시에 체포되었을 걸세."

왕자는 일부러 정색을 하면서 대답했다.

"네네, 여튼 전 아닙니다. 여자가 좋거든요. 그리고 제 머리를 너무 탐내시지도 말고요."

김춘추가 왕자의 그런 연극에 휘둘리지 않고 확실히 자신의 의사를 표현했다.

"자네 머리를 살 수만 있다면 내 전 재산을 내놓을 수도 있네."

무함마드 왕자가 부럽다는 어조로 대답했다.

조금 전 체포 운운은 단지 김춘추를 흔들기 위한 농담이었다.

하지만 방금 전 그의 말은 진심이었다.

그는 김춘추가 얼마나 뛰어난 천재인지, 단순히 지능이 뛰어난 천재 정도가 아니라 자신의 장단점을 전부 100퍼센트, 아니 1000퍼센트 이상을 활용할 수 있다는 것을 이미 깨닫고 있었다.

김춘추의 나이 이제 겨우 18살.

곧 19살이 되니 그가 앞으로 보여 줄 세상이 어떨지 왕자의 머리로는 상상이 되지 않았다.

그렇기 때문에 김춘추란 인물은 반드시 왕자가 손에 넣어야 할, 필수적인 존재였다.

왕자 역시 야망이 큰 인물임으로.

그렇기 때문에 그는 김춘추와 아무런 격의도 없이, 스스럼없게 대화하는 것을 즐겼다.

김춘추가 하는, 만약 그가 중동인이었다면 범하는 큰 결례 따위는 신경 쓰지도 않았다.

그리고 그런 그가 좋았다.

하고 싶은 말은 직설적으로 내뱉는 김춘추의 모습이 오히려 왕자를 편안하게 했다.

오랫동안 사람들의 아부에 둘러싸였던 왕자로서는 김춘추의 이런 모습들이 어찌 보면 새롭고 신선하게 다가오기도 했다.

"그럼 정리해 봅시다. 왕자님은 남색이 아니다. 그러므로 날 이성으로 보는 것이 아니다. 정리됐죠?"

"그렇지."

무함마드 왕자가 김춘추의 말에 못 말린다는 표정을 지으면서 대답했다.

"뭐, 왕자님 말씀이니깐 믿어 보죠. 무례한 제 언사를 기분 좋게 넘어가 주신 왕자님의 호의에 감사드립니다."

김춘추는 웃으면서 왕자에게 말했다.

"오호, 그렇다면 자네의 호의도 보여 주겠나?"

무함마드 왕자는 때를 놓칠세라 김춘추를 예리한 눈빛으로 바라보았다.

김춘추는 왕자의 말에 고개를 끄덕였다.

그가 이렇게 나올 것이라는 걸 이미 예측하고 있었기 때문이다.

이미 왕자는 갑자기 일본을 방문한 자신의 저의를 파악하기 위해서 굉장히 안달이 나 있었다.

후지이리 가문이 일본 전역에 세운 중신겸족의 사당, 그것도 나라현 깊은 숲 속에 있는 사당을 방문한 김춘추의 행적.

그리고 그곳에서 어떤 대화가 오갔는지의 여부는 그렇다 치고.

왕자는 김춘추가 단순히 사당을 방문하는 목적 하나만으로 일본을 오지 않았을 것을 알고 있었다.

"왕자님, 저희 나라에서는 이런 말이 있습니다."

김춘추는 입가에 미소를 띠면서 말했다.

"어떤 말인가?"

왕자가 물었다.

"일본에서 현재 유행하고 있는 사업 아이템은 앞으로 한국에서 10년, 20년 뒤에 볼 수 있다."

"아……."

"저는 그 말이 아주 틀리지 않았다고 생각하고 있거든요. 그래서 지금 이 도쿄에 어떤 것들이 유행하고 있는지, 어떤 아이템이 사람들의 마음을 뺏고 있는지 등을 보려고 왔습니다."

"그 부분의 말은 나도 동감하네. 일본은 현재 아주 무서운 속도로 미국의 GDP 턱밑까지 쫓아왔지. 우리나라에서도 많은 특사들이 일본에 오지. 자네와 같은 목적으로 말일세. 하지만 내가 궁금한 점은 나라현에서 있었던 일이야. 무엇 때문에 그 신사에 간 거지?"

"신사는 그냥 제 개인적인 소원이거든요."

김춘추가 왕자의 예리한 질문에 미리 생각해 둔 말을 꺼냈다.

"개인적인 소원?"

"네. 어렸을 때 우연히 잡지책에 소개된 중신겸족을 모시는 사당에 대한 글을 읽었죠. 고대 백제, 그러니깐 왕자님이 이해하기 쉽게 설명하면, 고대 한국의 국가 중 하나였던 백제라는 나라의 왕족이 이곳 일본으로 건너와서 당시 일본의 아스카 시대를 찬란하게 일궈 냈다는……. 그리고 아직까지 그분을 기리는 사당이 존재한다는 내용이었습니다."

"그래서?"

왕자가 다소 맥 빠진다는 식으로 물었다.

"어린 소년의 꿈이죠. 자랑스런 백제인이 있던 그 사당을 꼭 한번 가 보고 싶다… 뭐, 이런……."

김춘추가 살짝 부끄러운, 자신의 유년 시절을 드러낸 것이 못내 창피한 것처럼 손가락을 들어 관자놀이를 긁었다.

그의 그런 태도는 무함마드 왕자에게 오히려 신뢰감을 주었다.

나라현의 사당 방문은 거짓말이 아니라는…….

사실 거짓말도 아니었다.

"흠, 듣고 보니 그러네. 덕분에 나도 그 소년의 꿈에 함께 동참하게 된 거군."

무함마드 왕자가 흡족한 얼굴로 고개를 끄덕이면서 대꾸했다.

이 사실을 학교로 돌아가 그들의 브라더에게 이야기해 줄 수만 있다면.

다들 자신을 무척 부러워할 게다.

브라더의 멤버들이 동경해 마지않는 김춘추의 사적인 일에 동참했으니깐.

"그럼 이제 사업 얘기를 해 보죠."

김춘추는 더는 이 부분에 대해 할 말이 없다는 식으로 화제를 전환했다.

왕자는 고개를 끄덕이며 물었다.

"어떤가?"

"콘텐츠의 파워가 눈에 두드러져 보입니다."

"콘텐츠의 파워?"

무함마드 왕자는 잘 이해가 안 간다는 식으로 재차 물었다.

"물론 왕자님도 아시겠지만 제가 여기서 보는 콘텐츠란 문화적인 소재가 구체적으로 가공되어 매체화된 무형의 결과물을 말합니다. 뭐, 아시는 얘기지만 문화적인 소재란 우리 일상에 존재하는 모든 것을 의미합니다. 이것이 기획자의 창의력과 상상력을 통해서 제시되는 겁니다. 저기 보이시는 기념품 가게, 저 안에 진열되어 있는 은하철도 999의 인물인 철이를 본떠 만든 인형을 보십시오. 저런 것들도 콘텐츠가 구현하는 창조물에 속합니다."

"흠……."

"물론, 이런 것들이 콘텐츠 파워 안에 큰 자리를 차지하고 있는 것은 아닙니다. 하지만 그 잠재력은 이 나라뿐만 아니라 전 세계에 무궁무진합니다."

"그렇긴 하군."

무함마드 왕자가 살짝 못마땅한 표정을 지었다.

그는 김춘추가 무슨 거창한 사업을 말해 줄 줄 알았다.

물론 사와디를 앞세운, 석유 탐사와 개발을 주력 업종으로 하는 다국적 기업을 하나 차리는 데는 이미 합의를 보았다.

하지만 그것 외에도 그는 김춘추가 굳이 일본까지 와서 사업 아이템을 구상할 때는 다국적 기업보다 뭔가 더 거창한 것이 있을 줄 알았다.

그런데 김춘추는 겨우 애니메이션에 나오는 인형 따위를 운운하고 있었다.

김춘추는 왕자의 반응에 그럴 줄 알았다는 듯이 싱긋 웃었다.

왕자는 중동인이다.

철저하게 전통을 중요시여기는 교육을 받고 자란 인물

이었다.

 그러니 자유로운 상상의 결과물, 무형의 결과물들에 대해서는 그다지 흥미를 보이지 않을 것이라 여겼다.

 "또 하나……."

 김춘추가 말을 멈추고 왕자를 바라보았다.

 "또 하나?"

 무함마드 왕자가 되물었다.

 "컴퓨터의 약진이겠죠."

 "그건 그렇지만, 그 역시 한계가 있지 않을까?"

 "글쎄요, 전 컴퓨터들이 전부 복합적으로 연결되는 망이 본격적으로 미국을 중심으로 연구되고 있다고 알고 있습니다. 곧 상용화까지 이르게 될 것이라 여겨집니다."

 "그 말은 자신의 경험인가?"

 무함마드 왕자의 눈빛이 다시 흥미를 띠고 빛났다.

 하지만 김춘추는 짐짓 모르는 척, 능청을 떨면서 말했다.

 "경험이라니 무슨 말씀인지 모르겠어요. 하지만 콘텐츠의 파워는 앞으로 이 컴퓨터 망을 타고 전 세계에 빠른 시일 내에 퍼질 겁니다."

 "텔레비전이란 게 이미 있지 않은가? 극장이라던지……."

 "그런 것보다 더한 세상이 올 거라고 저는 그리고 있거든요."

 김춘추의 한쪽 입꼬리가 올라갔다.

물론 그가 미래까지 아는 것은 아니다.

하지만 지난 5년간 세계를 돌아다니면서 단순히 자신이 남긴 유산만을 확인하며 다닌 것은 아니었다.

이 세계만의 흥미로운 일들을 제법 발견했다.

지금 이 세계는 기계 문명의 빠른 약진으로 돌아가고 있음을 확인했다.

그가 공과대를 들어간 것도 자신의 예측이 틀리지 않았음을 확인하기 위해서였다.

가문의 사업을 경영하기 위해서 경영학과를 다녔던 무함마드왕자로서는 김춘추의 말이 아주 틀리지는 않았을 것이란 생각에 고개를 끄덕였다.

세상은 그가 생각했던 것보다 김춘추의 말처럼 더욱 빠르게, 새로운 형태의 발전으로 흘러갈 수도 있겠다라고 생각했다.

하지만 그는 딱 여기까지만 생각했다.

"그러면 어떤 사업이 좋을까?"

무함마드 왕자가 방금 전까지 김춘추가 장황하게 설명했던 내용들을 망각한 것처럼 같은 질문을 되풀이했다.

김춘추는 그럴 줄 알았다는 표정이다.

하지만 인내력을 갖고 설명했다.

"컴퓨터 제반 서비스를 이용하는 아이템으로 가야겠죠."

"제반 서비스라……. 아직은 머릿속에 그려지지 않네."

무함마드 왕자가 눈썹을 살짝 찡그렸다.

전통적인 세상에서 자라난 그…….

게다가 현재 사우디아라비아는 석유로 중동의 패권을 쥐고 있지 않는가.

그런 만큼 그에게 있어서 사업이란 아이템은 그 범위를 넘지 못하고 있었다.

"뭐, 시작은 미미합니다."

김춘추가 싱긋 웃으면서 대답했다.

"나에게 뭐 당장 도움이 될 만한 팁은 없을까?"

무함마드 왕자가 다소 지루한 듯한 표정을 지으면서 말했다.

"뭐, 여기까지 저와 다니시느라 고생했으니 한 가지 말씀은 드리죠."

김춘추는 그렇게 말하고는 살짝 시간 차를 두었다.

"뭔가?"

무함마드 왕자가 진심으로 궁금하다는 듯이 물었다.

"저거 보이시죠?"

김춘추가 도쿄 한복판에 있는 도이치로 금융 회사의 광고판을 손짓하면서 말했다.

"현재 세계 1위 금융 회사로 약진한 곳이 아닌가."

무함마드 왕자가 그쯤은 안다면서 재빠르게 대답했다.

"아마도 그 천하는 오래가지 못할 것이라고 저는 봅니다."

"왜지?"

"미국이 언제까지 일본의 부상을 보고만 있을지. 아니, 미국 내 제조업체들이 반기를 계속해서 들고 있다는 걸 아시지 않습니까?"

"그렇긴 하지. 하지만 미국이 쉽게 정책을 바꿀까? 미국은 일본을 러시아와 중국의 견제 대상으로 쓰려고 키우고 있지 않은가."

"아마 곧 미국은 정책을 수정할 수밖에 없을 거라고 전 생각하거든요."

김춘추는 진지한 표정으로 고개를 끄덕였다.

그는 몇 달 전, 이미 미국 내의 제조업체들이 정부에 어떤 로비를 하고 있는지 몇몇 지인들을 통해서 들은 바가 있었다.

"만약 그렇게 되면 일본이 큰 풍랑에 휩싸이겠군."

무함마드 왕자가 심각한 표정으로 고개를 끄덕였다.

"이게 지금 당장 돈을 벌 수 있는 팁인데요."

김춘추가 그제야 길고 긴 설명을 마치면서 왕자를 보고 웃었다.

무함마드 왕자의 얼굴에 화색이 돌았다.

"아… 고, 고맙네."

무함마드 왕자가 너무도 기쁜 나머지 김춘추를 와락 안았다.

"남색이 아니라면서……."

김춘추가 투덜거렸다.

"이건 우리 중동인의 인사……."

무함마드 왕자가 다소 황당하다는 듯이 변명하려고 했다.

"크크크, 농담입니다. 어쨌거나 이제 본격적으로 여기 온 목적을 달성해야죠."

김춘추가 웃으면서 대답했다.

두 사람은 서로 고개를 끄덕이고는 세계 1위의 도이치로 금융 회사의 광고판을 다시 한 번 바라보았다.

지금 두 사람의 머릿속에는.

조만간 절단 날 엔화의 환율을 어떻게 하면 자신들에게 유리한 방향으로 활용할 수 있을지에 대한 생각으로 가득 찼다.

'흠, 이제 된 건가?'

김춘추는 조용히 생각에 잠겼다.

사우디아라비아에 있던 자신의 유산, 황금덩어리들을 무함마드 왕자의 도움을 받아 일부 환전해서 국내에 가지고 들어왔다.

하지만 그의 목적은 한국 내 자그마한 기업만으로 만족하는 것이 아니었다.

일단 그 황금덩어리들을 더 큰 금액으로 불려 놓아야 한다.

그는 무함마드 왕자에게 자신이 갖고 있는 정보와 미래 예측을 제공했다.

왕자가 그것을 활용하든 안 하든 그것은 그 자신의 몫이었다.

어쨌거나 왕자는 그 대가로 김춘추의 나머지 황금덩어리들을 안전하게 환전해 줄 것이다.

그리고 김춘추 그 자신은 지금 갖고 있는 정보와 예측을 기반으로 더 큰 황금으로 불려 놓을 것이다.

하지만 이 모든 그림 역시 그가 그리고 있는 세상에 다가가는 길의 이제 막 초입일 뿐이었다.

김춘추는 자신의 목에 걸린 목걸이, 신물을 떠올렸다.

이런 구구절절한 미래 예측도 살아 있어야 가능하다.

과거의 그때처럼, 이 신물은 적어도 위기에 빠졌을 때 자신의 목숨을 구해 줄 수도 있는 물건이었다.

이제 곧 원유들을 노리고 있는 세계 각국의 각축전이 벌어지는 곳으로 향해야 한다.

더구나 중동의 정세는 한 치 앞도 내다볼 수 없었다.

이라크만 봐도 정부군과 반군이 끊임없이 대립하고 있었으며, 종교적으로도 이슬람교라고 하나 수니파와 시아파의 대립이 치열한 전장이었기 때문이다.

또한 그는 일본에 와서 신물의 획득과 그가 예측하고 있는 미래 사업 아이템이 일본에서 이미 통하고 있다는 것을 눈으로 보았다.

다른 이들이라면 이 정도의 정보와 신물을 획득했다면 굉장한 소득으로 여겼을 법하지만…….

'여기까지 온 것이 시간 낭비는 아니군.'

김춘추의 표정은 담담하기 그지없었다.

제7장

신 김춘추의 이름

퍼펙트 마이스터

  일본 동경에서 돌아온 김춘추는 자신의 서재, 가죽 의자에 몸을 깊숙이 박고는 생각에 잠겨 있었다.
  몇 가지 생각을 정리할 겸.
  물론, 관악산에 있는 그의 아지트에서도 명상을 하는 데 시간을 보내기도 했다.
  그는 깨진 수정구를 손으로 만지작거리고 있었다.
  얼마 전 이 수정구의 역할을 직접 목격하지 않았던가.
  이하얀의 손에 올려놓은 수정구는 마치 당연하다는 듯이 그녀의 손바닥 안을 통해서 정수리까지 단번에 올라갔다.
  그리고 그녀가 잃어버린 그녀의 기운을 돌려주었다.
  그 덕에 이하얀은 잃어버린 암기력을 단숨에 회복했다.

물론 그 전에 김춘추가 깨진 그녀의 육체를 원상으로 회복시키는 노력이 있었기에 가능한 일이긴 했다.

하지만 그런 김춘추도 수정구의 원리만큼은 도통 이해되지 않았다.

현대 기계 문명의 발달이 도약을 앞둔 이 시점에서 뜬금없이 나타난, 아주 고대의 기술에 속하는 수정구의 등장은 그를 충분히 놀라게 했다.

물론 신물을 이미 소지하고 있는, 화살이 빗발치게 그를 공격해도 육체의 털 끝 하나 건드릴 수 없는 보호막을 형성하는 신물의 능력을 알고 있는 그로서는, 이런 수정구의 출현이 아주 놀라운 것은 아니었다.

하지만 인간과 결합하여 인간에게 필요한 기운을 뽑아내고, 그 기운을 축적해서 모은다는 것이 어떻게 가능하단 말인가.

상상 초월이었다.

단순히 몸을 보호해 주는 신물 그 이상의 놀라운 신물이기도 했다.

아니, 이것은 신물이 아니라 기법이었다.

수정구는 이하얀에게 본래의 기운을 돌려주고 난 뒤 무용지물, 깨져 버렸으니깐 말이다.

그렇다는 것은 딱 하나.

누군가 필요한 기운을 사람들에게 뽑아내어 수정에 축적

할 수 있는 기법을 아는 자가 있다는 것을 뜻했다.

'아니, 그자들도 완벽한 건 아니야.'

김춘추는 자신이 본 컨테이너 안의 광경을 떠올렸다.

그리고 학교 괴담이 시작되었을 때를 생각해 보았다.

무분별, 특정 대상을 정하지 않고 학생들에게 실험을 했던 것 같다.

이하얀처럼 자신의 천부적인 능력을 아주 잃어버렸다는 학생들은 없었다.

최소한 그가 조사한 바로는.

그 당시 괴담의 피해자들을 몇몇 몰래 찾아가서 살펴보았다.

대부분 그들의 생기가 훼손된 상태였으나 아주 심각한 것은 아니었다.

그 당시 김춘추는 그런 상황만 보고 누군가 고의적으로 기운을 뽑아내고 아니고의 여부 등을 판단할 수가 없었다.

사람들은 일시적으로 큰 충격이나 공포감 등 여러 가지 안 좋은 경험 등으로 인해서 그 자신의 생기가 일순 방출될 수도 있었기 때문이다.

물론 태어났을 때부터 가지고 있던 생기의 일시적인 방출이라고 해도 그 사람에게는 안 좋은 현상이 생긴다.

몸이 아프다든지, 정신이 잠시 가출한다든지.

어쨌거나 일시적인 방출이 꼭 어떤 원인이다, 라고 결론

내릴 수는 없었다.

그런데 이하얀의 경우는 새로운 계기를 주었다.

어쩌면 그 계기는 김춘추나 미스터리 홈즈 동아리에게만 준 것이 아닌가 보다.

분명 그 일을 벌인 자들에게도 이하얀의 존재는 특별했던 것 같다.

그녀로 인해 그들은 새로운 계기를 잡았고 자신들의 업적을 한 단계 업그레이드 시킨 것이 필시 분명했다.

어쨌건 간에 이하얀은 그들 때문에 완전히 자신의 특출난 능력을 잃었고, 그 탓에 그녀의 기운 전체가 금이 가고 있었다.

그대로 둔다면 단순히 암기력 등의 상실뿐 아니라 점점 치매 현상으로 발전하여 종국에는 어린 나이임에도 끔찍한 일을 당할 수가 있었다.

물론 이런 일을 굳이 김춘추가 관심 가질 필요도, 그리고 이하얀을 구할 의무도 없었다.

그의 생리상 자신과 관련이 없는 일에는 관심조차 없기 때문이다.

초에 자신이 운영하는 재단에 괴소문이 퍼지는 것이 그다지 마땅치 않았고.

조금만 손을 보면 뛰어난 인재들이 될 수 있는 몇몇 학생들을 자극해서 신생 고등학교의 위상을 명문고로 발돋움

하려는 계획이었다.

그런데 미지의 조직과 맞닥뜨렸다.

그리고 그 자신이 소유한 신물의 출처, 그것을 손에 넣었을 때 느꼈던 깊은 호기심과 마찬가지로.

수정구를 이용해서 사람의 특정한 생기를 뽑아내는 조직에 대해서 깊은 호기심, 아니 그 이상의 알 수 없는 끌어당김이 생겼다.

그리고 그것은 자신이 기억하지 못하는…

어쩌면 자신이 환생을 시작하게 된 그때의 상황과 어떤 연관성이 있지 않을까 하는 막연한 추리로까지 이어지고 있었다.

'반드시 알아낸다.'

수정구를 쥐고 있는 김춘추의 오른손에서 힘이 들어갔다.

그는 이 사건을 포기할 마음이 없었다.

계속해서 은밀히 컨테이너에 대해 조사를 해 오곤 있었다.

하지만 아직까지 그가 알아낼 수 있는 정보망은 지극히 제한적이었다.

'힘… 힘이 필요해. 내 스스로의 힘이.'

롯데 호텔에서 있었던 일이 한꺼번에 오버랩 되었다.

만약 김춘추 그 자신이 무함마드 왕자를 알지 못했다면 아마도 그곳에서 험악한 일을 더 당했을지도 모른다.

전세환 대통령이 자신에게 미소를 지었던 것도 자신이 아닌 무함마드 왕자의 휘광을 보고 짓는 것뿐이었다.

-험, 험.

그때 신 김춘추의 헛기침이 머릿속에서 들려왔다.

진작부터 그가 자신과 얘기하고 싶어 하는 것을 알고 있었다.

하지만 생각을 정리하느라 김춘추는 신 김춘추를 무시하고 있었다.

그러고 보니 살짝 미안한 마음이 생겼다.

'아, 미안.'

-너, 너무 바빠.

신 김춘추가 기회는 이때다 싶어 불평을 던졌다.

'바빠야지, 이왕 살기로 했는데.'

김춘추가 당연하다는 듯이 대답했다.

-한국만 돌아다닐 것이지. 도대체 해외는 왜 그렇게 싸돌아다녀?

신 김춘추가 역정을 냈다.

'세상이 좁거든.'

김춘추가 빙긋 웃으면서 말했다.

-쳇, 네가 한국이 좁다고 하면 난 어쩌겠어?

'아…….'

-나도 너 따라 여기저기 구경 다녀 보고 싶다고.

신 김춘추는 자신의 진짜 속마음을 드러냈다.

김춘추가 해외로 돌아다니면서 무엇을 하는지 그 모든 것을 눈으로 보고 싶다.

아니, 천계에서 바라본 인간의 삶.

그 삶을 하나씩 하나씩 전부 다 들여다보고 싶었다.

그런데 정작 자신은 한국, 이 좁은 땅덩어리에 금제가 걸려 있었다.

'…….'

김춘추는 신 김춘추의 말에 잠시 생각에 잠겼다.

그가 무슨 말을 하는지 충분히 이해하고 있었기 때문이다.

일순간 정적이 흘렀다.

'이름 알려 줘.'

김춘추가 느닷없이 신 김춘추에게 요구했다.

-뭐? 안 돼!

신 김춘추는 그의 요구에 불에라도 덴 것처럼 펄쩍 뛰었다.

'그럼 말고.'

김춘추가 아쉬울 게 없다는 듯이 대답했다.

그의 태도에 신 김춘추는 호기심이 일었다.

-이름은 왜 필요한데?

'이름을 알면 내가 널 좌지우지할 수 있는 것 맞지?'

-그, 그야…….

'당연하지?'

-그렇다면! 그게 내 질문과 무슨 상관이 있어?

'상관있지. 내가 널 좌지우지할 수 있다면, 내 힘을 빌려 줄 수도 있지.'

김춘추가 싱긋 웃으면서 말했다.

-그건 또 뭔 개평 뜯어먹는 소리야?

'개평? 오호라, 그런 말도 이제는 아는군.'

김춘추가 일부러 신 김춘추의 말에 대답은 하지도 않고 말꼬리를 잡았다.

-쳇, 맨날 보는 게 이 동네 할망구들이 벌이는 화투판이지.

'그러니깐 본 이름을 알려 주면 되는 거 아닌가?'

-네가 날 어떻게 할지 어찌 믿고.

'뭐, 못 믿을 것 같았으면 진작 우리 할머니와 나를 떠났겠지.'

김춘추가 한쪽 입꼬리를 올리면서 빙긋 웃었다.

-쳇! 내 이름을 알게 되면 어쩌려고?

'널 도와야지.'

-그게 끝이 아니지?

'그렇지. 도운 대가를 좀 받아야지.'

-내 이름을 말해 주었으니 난 꼼짝없이 네 하인 신세고.

'내가 그렇게 빡빡한 인물은 아닌 걸로 아는데.'

-흠, 생각할 시간 좀 줘.

'마음대로.'

김춘추는 신 김춘추와 대화를 마쳤다.

그는 팔짱을 느긋하게 끼고는 속으로 숫자를 셌다.

5···

4···

3···

-어떻게 날 도와줄 수 있는데!

신 김춘추가 금세 소리를 지르면서 물었다.

'숫자 5도 다 못 셌는데.'

김춘추가 그럴 줄 알았다는 듯이 대꾸했다.

'방법이 아주 없는 건 아닌데, 그 전에 이름!'

-방법, 방법? 방법이 뭔데?

'이름을 알려 줘야지, 엄연히 교환인데.'

-쳇, 치사하다.

'그러면 직접 방법을 알아내든지.'

김춘추는 아쉬운 게 없다는 듯이 대꾸했다.

-아이구, 그냥 네 부하 하련다.

신 김춘추는 김춘추의 말에 더욱 호기심이 일어서 참을 수가 없었다.

-티페우리우스 엘 칸.

'그게 네 진짜 이름이야?'

-그렇다.

'아니, 지상에서 선계에 있는 존재들을 옥황상제니 뭐니 하고 부르잖아. 그런데 네 이름은 외국 사람 이름 같잖아.'

김춘추가 다소 의심쩍은 눈으로 대꾸했다.

사실 사대천황이니 옥황상제니, 이런 단어들을 보아서는 티페우리우스 엘 칸이라는 이름은 비현실적이었다.

-그게… 그분을 옥황상제님으로 부르는 것은 한국인들의 관념이 배어서 그런 거지.

'흠, 뭐… 그렇긴 하겠네.'

김춘추는 신 김춘추, 아니 티페우리우스 엘 칸의 말이 일리가 있다고 여겼다.

-이제 방법을 알려 줘.

'며칠 시간을 줘. 그때까지 넌 자유야.'

-난 이미 말해 줬는데!

티페우리우스 엘 칸이 소리를 버럭 질렀다.

하지만 김춘추는 침착하게 대꾸했다.

'방법은 아는데, 문제는 그것을 실행해야 하니깐. 좀 여러 군데 알아봐야 하거든.'

-제길, 그러면 그때 이름을 알려 줄걸.

신 김춘추, 티페우리우스 엘 칸이 김춘추에게 당했다는 듯이 입맛을 다셨다.

하지만 그래도 그는 김춘추를 믿고 있었다.

　　　　　　✦ ✦ ✦

그로부터 며칠 후…

김춘추는 보라매 공원 근처에 있는 대학 병원을 찾아갔다.

-여긴 왜 와?

'약속은 지켜야지.'

김춘추는 그렇게 말하고는 1층 수납계에 서 있는 직원에게 다가갔다.

"저 왔어요."

"아, 얘기 들었어요. 10층으로 올라가면 돼요. 제 이름 대면 바로 들여보내 줄 거예요."

직원은 김춘추에게 싱긋 웃으면서 재빠르게 대답을 했다.

"고맙습니다."

김춘추는 환한 미소를 보이면서 직원에게 인사를 건네고는 재빠르게 10층으로 향했다.

신 김춘추는 김춘추의 속셈이 무엇인지 궁금해 미칠 지경이었다.

요 며칠, 김춘추는 자신이 쫓아오는 것을 막았다.

아무래도 지금 보여 주려고 하는 일과 필시 관련이 있을 것이다.

10층에 내린 김춘추는 중앙에 있는 간호사에게 다가가서 1층 수납계 직원의 이름을 대고는 간호사가 일러 준 병실로 향했다.

드르륵.

김춘추는 병실 문을 조심스럽게 열고 들어섰다.

병실 안에는 두 사람이 산소호흡기와 생명 유지 장치를 단 채 똑같은 자세로 나란히 누워 있었다.

-음?

신 김춘추는 두 환자의 공통점을 바로 알아보았다.

두 환자 모두 정수리와 하늘을 잇는 은실이 보이지 않았다.

김춘추는 신 김춘추의 반응을 이미 예상했는지 가만히 있었다.

-이런 사람들도 있어?

신 김춘추가 질문을 했다.

사실 그는 선계에서 인간계로 내려온 뒤, 박애자와 김춘추만 쫓아다녔기 때문에 아직까지 많은 인간들을 만나 보지 못한 것이 사실이었다.

'응, 있더라구.'

김춘추가 누워 있는 환자들을 보면서 말했다.

지금 두 환자는 모두 그 본연의 의식, 영혼이 이미 선계에

가 버린 상태였다.

몸에 남아 있는 에너지, 백 에너지로 흔히 말할 수 있지만 이것도 설명이 상당히 복잡한데, 인간으로서 그 전부 세세히 백 에너지에 대해서 구분하는 것도 어렵다.

어쨌거나 백 에너지가 그 환자들을 붙잡고 있었다.

육체가 산산이 흩어지는 것을 말이다.

-이런 경우는 정말 흥미로운데.

'그렇지. 뭐, 조사는 나중에 하고. 들어가.'

김춘추는 신 김춘추에게 자신의 용건을 밝혔다.

-뭐! 이자들에게 들어가라고?

'어차피 두 사람의 영혼은 이미 육체에 없으니 그다지 거리낄 게 없어 보이는데?'

김춘추는 건조한 어조로 말했다.

맞는 말이다.

신 김춘추가 두 사람 중 하나를 선택해서 들어가더라도 그다지 거리낄 것이 없었다.

-내가 인간의 육체에 들어간다고 해도 과연 금제가 풀릴까?

신 김춘추는 자신의 말과는 다르게 이미 두 사람 중 누구에게 들어갈까 고민하고 있었다.

육체를 갖는다는 것.

상당히 매력적인 일이었다.

인간이 아닌 것들, 그들이 왜 인간의 육체를 탐하는지 이해가 되었다.

하지만 무작정 김춘추의 말에 따라 육체만 차지할 수는 없었다.

자신의 이름이 그 정도로 가볍지는 않다.

'육체에 들어간 후, 내가 몇 가지 문신을 그 몸에 새길 거야. 아마도 그것들이 이 땅을 벗어나는 데 도움이 될 것 같아.'

김춘추는 일부러 '아마도'라는 말을 강조했다.

-지금 네 말은 확신할 수 없다는 거잖아?

'그게 어디야?'

김춘추는 되레 뻔뻔하게 나왔다.

-너, 전부터 이 방법 알았지?

신 김춘추가 못내 억울한 목소리로 말했다.

'들어가서 모험할 거야? 말 거야? 빨리 대답해. 여기 오래 있을 시간 없거든.'

김춘추가 일부러 어깨를 들썩거렸다.

-음······.

신 김춘추는 일부러 신음 소리를 냈다.

하지만 이미 그는 병실에 누워 있는 두 환자 중 당연히 20대의 미청년을 마음속으로 점찍고 있었다.

김춘추는 여전히 알 수 없는 표정을 지으면서 병실에 서 있었다.

-나 들어간다.

신 김춘추는 신 나서 그렇게 말하고는 누워 있는 두 환자 중 20대의 청년에게 거침없이 돌진했다.

그런데 예상치 못한 일이 생겼다.

20대 청년의 육체를 유지하고 있던 백 에너지의 힘이 너무도 약했다.

그리고 그 옆 환자의 백 에너지가 강하게 요동치기 시작했다.

두 환자 사이에 있던 신 김춘추의 의식은, 순간 왼쪽에 있는 환자가 아닌 오른쪽 환자에게 빨려 들어가기 시작했다.

스르륵.

스윽.

쭈우우우욱.

평소라면 절대로 있을 수 없는 일이었다.

하지만 인간의 육체에 들어가기 위해서는, 아무리 선계의 높은 지존 의식이라고 할지라도 일단 방심 상태에 돌입하게 된다.

그 방심 상태가 지금 어처구니없는 상황을 발생시켰다.

-어, 어… 어!

그것이 신 김춘추, 아니 티페우리우스 엘 칸의 마지막 외침이었다.

'이런……'

김춘추 역시 기운이 불안하게 출렁이는 것을 목격했다.

그에게도 티페우리우스가 이왕이면 조금이라도 젊은 사내에게 들어가는 것이 유리했다.

하지만 일이 틀어진 이상…

일단 티페우리우스가 어떻게 나올지 안 봐도 뻔했다.

그 오른쪽에 있는 환자는 굳이 차트를 보지 않아도 한눈에 40대가 넘어 보이니깐.

번쩍.

오른쪽 환자의 눈이 갑자기 떠졌다.

퍽!

"제길!"

오른쪽 환자, 아니 티페우리우스의 입에서 제일 먼저 욕지거리가 흘러나왔다.

"성공했네."

김춘추가 옆으로 다가왔다.

"나 어때?"

"뭐, 어떻긴……. 난 이만 가 볼게."

김춘추가 그렇게 말하고는 황급히 자리를 뜨려고 했다.

"어, 왜? 왜?"

"식물인간이 갑자기 일어났잖아. 곧 간호사가 보러 올 시간이니 알아서 잘 해 봐."

"날 이대로 두고 간다고?"

티페우리우스가 불만 섞인 어조로 말했다.

"난 범죄자가 되고 싶지 않거든. 어쨌거나 알아서 나중에 집으로 찾아와."

김춘추는 더는 할 말이 없다는 식으로 병실을 나가 버렸다.

티페우리우스는 멀뚱멀뚱한 표정으로 앉아 있었다.

김춘추의 말이 구구절절 옳으니.

일단 이렇게 앉아 기다리고 있으면 간호사가 올 것이고.

그리고 나면 놀라서 난리가 나겠지.

뭐, 그럼 다음 적당히 맞춰 주고 김춘추에게 찾아가면 그만이었다.

그는 그렇게 생각하고는 시간이 가기만을 기다렸다.

방금 전 자신이 20대의 사내 몸에 들어가지 못한 것을 새까맣게 잊은 채로 말이다.

그로부터 20분 후…

당직 간호사가 병실에 들어오다 환자가 일어난 것을 보고는 비명을 지를 만큼 기뻐했다.

신 김춘추, 티페우리우스는 그것으로 적당히 자신이 할 일을 마쳤다고 생각했다.

하지만 이내 자신의 얼굴을 간호사의 손에 들린 거울을

통해서 보게 되었다.

그때의 기분이란!

40대, 수염이 덥수룩하게 자란 것은 기본이고.

삐쩍 마른 몸이 여간 불쌍해 보이는 것이 아니다.

"김한기 씨, 이대로 퇴원하시면 안 됩니다. 곧 가족분들이 올 터이니 기다려 주세요."

간호사는 방실방실 웃으면서도 단호한 어조로 그에게 말했다.

"난 김한기가 아니라니깐……."

티페우리우스는 그렇게 말하다가 말꼬리를 흐렸다.

인간의 몸에 들어왔으니 그 이름을 사용해야 하는 것은 당연했다.

육체뿐 아니라 신분까지 얻은 셈이니.

'김한기라니……. 뭐, 김춘추와 같은 김씨니 그걸로 만족해야지.'

이제는 '김한기'란 이름을 쓰겠다고 결심한 신 김춘추, 아니 티페우리우스가 혼자 고개를 끄덕였다.

그러고는 자신의 옆에 누워 있는 20대 젊은 남자의 육체가 서서히 힘을 잃어 가는 것을 물끄러미 바라보았다.

인간의 몸이란 이렇게 덧없다.

그런데 영혼 외에도 백 에너지란 것이 이토록 집착이 강할 줄이야.

그 덕에 자신도 이렇게 이 육체에 들어올 수가 있지 않았던가.

"신기하군."

식물인간이던 김한기가 일어났다는 소식에 담당 의사가 한걸음에 달려왔다.

그러고는 그가 아주 멀쩡한… 모든 장기가 정상적으로 돌아가고 있는 것뿐만 아니라 정신까지 멀쩡하고 제대로 인지하고 대화하는 것까지 가능한 것을 보고 매우 신기하게 여겼다.

하지만 그보다 더 희한한 일은.

바로 그자의 옆에 있던 20대 청년의 바이탈 사인이 현격하게 떨어지고 있는 것이었다.

"어쩌면 좋죠?"

간호사가 울상이 돼서 의사에게 물었다.

"도리가 없는 것 같군. 환자 가족들에게 연락해."

의사는 곧장 응급실로 향하는 20대 청년을 한번 바라보고는 다시 김한기를 바라보았다.

한 사람은 살아나고.

한 사람은 이제 완전히 죽어 가고 있다.

우연인지.

필연인지.

현대 과학 중 하나인 의학을 공부하고 철저히 과학을 신

봉하는 그로서도 이 부분은 뭐라고 설명이 불가능했다.
"난 그만 가 보겠소."
김한기가 답답하다는 듯이 인상을 찡그렸다.
"아직 환자분의 가족이 도착하지 않았어요. 집도 이사 갔다고 들었는데……."
간호사가 그런 김한기를 재차 말렸다.
"가족이 이사 갔든 말든 나랑 뭔 상관이야. 걔들이 나랑 뭔 상관인데 자꾸 나를 이렇게 붙잡아 두고 난리야!"
김한기는 참다못해 화를 버럭 냈다.
평소 박애자의 몸주로서 안하무인으로 굴었던 태도가 그대로 드러난 것이다.
더구나 그에게 점을 치러 오는 손님들, 대부분 고관대작이거나 그들의 가족이었다.
그들조차 그에게 굽신거리지 않았던가.
오랫동안 그런 자들에게 둘러싸여 있다 보니 오만불손해진 것이 사실이었다.
물론 유일한 예외는 김춘추였지만.
어쨌거나 갑자기 깨어난 김한기의 성격이 듣던 것과 완전히 다른 것을 보고 간호사는 속으로 생각했다.
'매우 자상한 가장이었다고 들었는데…….'
간호사는 그런 김한기를 보면서 억장이 무너지는 기분이 들었다.

자신이 그 가족이 아님에도 불구하고.

김한기가 식물인간으로 있을 때, 그의 아내와 딸은 번갈아 일주일에 한 번은 꼭 문병을 왔다.

2년.

2년이 누군가에게는 짧을 수도 있겠지만 이 가족에게는 매우 긴 고통의 시간이었을 것이다.

뺑소니차에 치였다고 들었다.

그러니 보상도 받을 데가 없었다.

회사에서도 그가 의식을 잃고 식물인간이 된 지 3개월 만에 해고 통지를 내렸다고 들었다.

2년 동안 김한기와 그 가족을 보아 온 간호사로서는 이 가족의 일을 잘 알고 있었다.

병원비를 마련하기 위해 살던 아파트도 처분하고 달동네로 이사 갔다고 들었다.

다른 모두가 그의 생명 유지 장치를 끄라고 조언할 때도 그 아내와 딸만큼은 모든 것을 팔더라도 김한기를 지키겠다고 했다.

그런데 지금 김한기가 일어나서 한다는 소리가 고작 가족이 자신과 무슨 상관이냐고 한다.

간호사는 순간 가슴이 답답해져 왔다.

"흑흑흑……."

언제부턴가 문 쪽에서 울음소리가 새어 나왔다.

두 여자의 울음소리.

간호사는 순간 김한기의 아내와 딸이 벌써 왔음을 깨닫고는 죄진 사람처럼 어쩔 줄을 몰라 했다.

그녀가 내뱉은 말도 아닌데.

정작 김한기는 뻔뻔스럽게 빨리 퇴원 수속을 밟으라고 소리치고 있었다.

"어쩌면 좋죠?"

간호사가 그때까지 김한기의 상태를 살피고 있던 의사에게 물었다.

"식물인간이 깨고 난 후 종종 사람 성격이 바뀌어 있더라는 보고는 있었네만……."

의사도 약간 멋쩍은 표정을 지었다.

그러고는 김한기의 가족들을 들여보내라고 눈짓했다.

혹시라도 그의 기억이 되돌아오기를 바라면서.

"여보."

"아빠."

간호사가 두 사람을 들어오게 하자 그들은 이내 김한기에게 달려가 안기려고 했다.

"이, 이거… 나 좀 가만히 내버려 두슈."

김한기는 황급히 두 여자를 떼어 냈다.

여자들이 질질 짜고 안기고 하는 것이 질색인 그였다.

"……"

"……."

김한기의 아내 이예원과 그의 딸 김새롬은 이 상황이 믿기지 않았다.

남편이, 아빠가, 살아 돌아왔다.

그것만으로 충분히 행복하다고 믿고 싶었다.

하지만 살아 돌아온 남편은, 아빠는… 더 이상 그들이 알던 사람이 아니었다.

이런 상태로, 그래도 하늘에게 감사해야 할는지…….

"조만간 다시 정상으로 돌아오실 수 있어요."

간호사가 애써 웃으면서 모녀를 위로했다.

"그렇겠죠. 그럴 거예요, 꼭……."

이예원은 그녀의 말에 고개를 절박하게 끄덕이면서 대답했다.

2년 동안 평생 고생 한 번 안 해 본 그녀가 식당 허드렛일까지 마다하지 않고 해 왔다.

하지만 그 고생은 그다지 중요하지 않았다.

그보다 자신의 딸인 새롬이 겪었을 마음의 상처가 더 안쓰러울 뿐이었다.

이제 중3, 16살.

한창 예민할 사춘기의 나이에 제대로 투정 한 번 못 부려 보고.

친구들이 예쁜 옷을 입고 학원 다니고 할 때…

새롬은 아빠 병문안 다니며 혼자 교과서를 들고는 집에서 끙끙거리면서 공부했다.

그래도 여태까지 밝게 자라 주었다.

그런데 지금 남편이 보이는 행동, 이 행동으로 인해서 딸이 충격을 받지 않을까 걱정이 물밀듯이 밀려왔다.

아니나 다를까.

김한기의 딸 김새롬은 자신의 눈을 믿을 수가 없었다.

"아빠, 당신이 우리 아빠야?"

그녀는 김한기에게 소리쳤다.

자신과 엄마를 부정하는 김한기의 말에 그동안 참았던 사춘기의 예민한 감성이 폭발하고 만 것이다.

"아닌데."

김한기가 고개를 저었다.

너무도 간단하고 깔끔하게.

"그럼 됐어, 넌 우리 아빠가 아니니."

휘익.

김새롬은 몸을 돌려 엄마인 이예원에게 말했다.

"우리 아빤 줄 알았는데 다른 사람이야. 그만 가자."

그러고는 문을 박차고 나갔다.

"여보……"

이예원이 김한기를 간절한 눈빛을 담아 불렀다.

"저 애는 똑똑하구먼."

김한기는 그렇게 말하고는 손가락을 들어 콧구멍을 후벼 팠다.
 "그러지 말고 새롬이에게… 뭐라도……."
 이예원이 김한기에게 지푸라기라도 잡는 심정으로 쥐어짜면서 말했다.
 "난 갈 데가 있으니 댁들은 그만 가 보슈."
 김한기는 그렇게 말하고는 자리에 도로 누웠다.
 "……."
 병실엔 순간 정적이 흘렀다.
 "저기… 지금 환자가 상당히 충격을 받은 모양입니다. 당분간은 정신과에서 치료를 더 병행할 테니 보호자분께서는 이만 나가 주시죠."
 의사가 재빠르게 이예원에게 말했다.
 "…네."
 이예원은 고개를 푹 숙였다.
 "저기……."
 간호사가 몹시 미안한 표정으로 병실을 나서려는 이예원에게 속삭이듯이 한마디 했다.
 "3개월 밀린 병원비를 정산해 주셔야 해요. 안 그러면 환자분은……. 이런 말씀 드려서 죄송해요."
 간호사도 편치 않았는지 말끝에 사과를 했다.
 "아… 네."

이예원은 고개를 푹 숙였다.

그러고는 간신히 입을 열었다.

"내일 다시 올게요. 오늘은 너무 급하게 오느라."

"그러세요. 내일 뵙겠습니다."

간호사의 말을 끝으로 이예원은 병실 밖에서 기다리고 있는 딸 새롬과 함께 병원을 나섰다.

밀린 병원비 걱정에 성격이 변해 버린 남편.

그리고 변한 아버지의 행동에 상처를 받은 딸.

'차라리 깨어나지 않았더라면……'

집으로 돌아가는 버스 안에서 이예원은 자신도 모르게 눈물을 훔쳤다.

다음 날, 이예원은 가슴에 납덩어리가 짓누르는 것 같은 기분으로 병원을 찾아왔다.

아직 병원비를 마련하지 못한 것이다.

주변 친인척 모두에게 전화를 돌렸지만…

김한기가 깨어났다는 말에 모두가 축하해 주었지만 당장 병원비를 빌려주겠다는 사람은 없었다.

다들 돈을 구해 보고 연락을 주겠다는 말을 끝으로 전화를 끊었다.

어쩌면 개중에 몇몇은 며칠이 됐든, 몇 주가 됐든 돈을 구해서 보내 줄지도 모른다.

하지만 돈은 지금 당장 필요했다.

이예원은 병원에 가서 한 번 더 시간을 달라고 사정해야겠다고 마음먹었다.

하지만 그녀의 마음은 영 편치 않았다.

어제의 일이 다시 떠올랐기 때문이다.

변해 버린 남편을 마주할 용기도 없었다.

"오셨어요."

간호사가 이예원을 반갑게 맞았다.

그리고 남편의 병실이 바뀌었노라며 친절히 알려 주었다.

이예원은 그런 간호사에게 미안한 표정을 지으면서 말했다.

"저어기… 입원비는……."

"입원비는 다 내셨는데요."

간호사가 방긋 웃으면서 대답했다.

"다… 내, 냈다고요?"

"오늘 김한기 씨의 지인분이 오셨어요. 깨어났다는 소식을 들으셨다면서. 입원비도 다 내주시고. 아 참, 안 그래도 퇴원하고 싶으시다고 김한기 씨가 기다리고 있어요. 그 지인분도……."

그렇게 말하는 간호사의 볼이 살짝 홍조를 띠었다.

'도대체 뭐지?'

이예원은 어리둥절했다.

그녀는 간호사의 안내를 받아 바뀐 남편의 병실에 들어섰다.

1인실이다.

세상에.

이토록 잘 꾸며져 있다니.

개인 침대에, 그 옆에는 보호자도 누울 수 있도록 안락한 간이침대와 문병객들을 위한 소파까지 있었다.

그리고 그 소파에는 한눈에 딱 봐도 훤칠한, 앳된 얼굴의 청년이 남편 김한기와 앉아 있었다.

"어, 왜 이렇게 늦어!"

김한기가 이예원을 보고는 소리를 버럭 질렀다.

"한기 씨……."

그러자 젊은 청년이 남편의 이름을 부르면서 눈썹을 찡그렸다.

"아… 참……."

김한기는 멋쩍은 표정을 지으면서 뒤통수를 긁었다.

"마눌 님, 오셨어요. 저 이제 퇴원시켜 주세요."

김한기는 마치 사전에 연습한 것처럼 어색한 미소를 띠면서 준비한 말을 외우듯이 했다.

"아, 여보……."

이예원은 순간 눈물이 핑 돌았다.

자신을 보고 마눌 님이란다.

과거 남편이 자신을 부르던 말이다.

그녀는 하루 만에 남편의 기억이 되돌아온 것이 너무도 기뻤다.

"이분이 병원비를 다 내주셨어요."

간호사가 의기양양한 미소를 띠면서 말했다.

자신이 낸 것도 아닌데.

마치 젊은 청년의 지인이라도 되는 것처럼 말이다.

"아, 정말 감사해요. 어떻게 이 은혜를 갚아야 할지……."

이예원은 젊은 청년, 김춘추를 바라보면서 허리를 깊숙이 숙였다.

"아닙니다."

김춘추는 멋쩍은 듯 웃으며 대답했다.

그러고는 어리둥절한 이예원에게 자신과 김한기의 관계를 설명했다.

뺑소니 사고가 나기 전, 김춘추가 경영하는 회사로 김한기가 옮기려고 준비 중이었다고 말을 맞추었다.

"그래도 병원비는 꼭 갚을게요."

이예원이 너무도 황송하다는 표정으로 말했다.

남편이 일어나자마자 바로 취직이 되었다는 것도 믿기지 않는데… 병원비까지 선불로 해결해 주었으니 그녀로서는 갑자기 모든 시름이 한꺼번에 해결된 셈이었다.

"어차피 월급에서 조금씩 깎아 나갈 겁니다."

김춘추는 그렇게 말하면서 김한기를 쳐다보았다.
"쳇."
 김한기, 아니 티페우리우스는 자신도 모르게 입을 삐죽 내밀었다.
 하지만 이내 이예원과 간호사가 보고 있음을 깨닫고.
 밤새 김춘추가 가르쳐 준 대로.
 자신의 몸안에 남아 있는 백 에너지의 정보를 바탕 삼아 이예원의 진짜 남편인 것처럼 인자한 미소를 애써 지어 보였다.

제8장

사업, 그 걸음걸음

한국 공문수학 연구회 운영진은 지금 회사 운영에 관한 비상에 걸려 있었다.

1980년 과외 금지의 조치 덕에 교사가 직접 가정을 방문해서 일대일로 수업을 가르치는 사업이 비약적으로 발전하기 시작했다.

하지만 사업의 장애물은 뜻밖에도 엉뚱한 데서 나타났다.

공문수학 연구회가 사용하는 학습지를 일본 구몬사에서 같은 이름으로 한국에서도 사용할 것을 요구해 왔기 때문이다.

이름을 바꾸지 않는다면 더 이상 교재를 제공하지 않겠다는 협박과 함께 말이다.

"어떻게 하죠."

운영진들 대부분이 아직까지 현장에서 직접 뛰는 교사들이었다.

이들은 아이들을 가르치는 사명감과 함께 구몬 교재의 우수성을 직접 체험하고 있는 자들이었다.

게다가 새 교재를 만든다는 것은…….

새로운 시스템을 만든다는 것은 말처럼 쉬운 것이 아니었다.

교재진을 따로 두어 새로운 교재를 만들 시간도, 재력도 없기 때문이다.

교사들은 대부분 한숨을 쉬었다.

구몬이라는 이름으로 바꾼다는 것은.

곧, 자신들의 브랜드가 일본 자사임을 표명하는 것과 같았다.

교사들의 자존심이 그것을 용납하지 않고 있었다.

"이럴 줄 알았으면 그동안 바쁘더라도 교재 개발할 시간을 가졌어야 했어요."

한 교사가 자조 섞인 어조로 말했다.

모두가 모르는 일은 아니었다.

하지만 오전에는 회사 운영과 오후에 가르칠 아이들의 교재 준비, 홍보를 하느라 바쁘고, 오후에는 직접 현장에서 일일이 아이들의 가정을 방문에서 가르치다 보니 몸이 10개라도 부족한 판국이었다.

　사업이 잘 된다고는 하나 아직까지는 여러 면에서 힘든 것이 사실이었다.

　사장인 최한영도 마찬가지였다.

　그라고 해서 사무실에서 놀고 있는 것은 아니었다.

　수업을 나가는 다른 사람들보다 그 배로 더 바빴다.

　'내가 자본이 좀 더 있었더라면……'

　최한영은 이 사태가 전부 자신의 탓이라고 여겨졌다.

　자신이 충분한 자본을 갖고 시작했더라면.

　벌써 공문수학 연구회의 교사들이 연구하던 자료들을 바탕으로 충분히 새로운 교재와 시스템을 구축할 수 있었을 것이다.

　조금만 더… 조금만 더… 하던 것이 결국 일본 구몬에게 뒤통수를 맞은 셈이었다.

　"저어… 사장님……"

　한 교사가 최한영의 눈치를 보면서 말했다.

　"말해 보게."

　"제 회원 한 아이의 아버지께서 이상한 제안을 했어요."

　"회원 아버지가?"

　최한영은 어이가 없다는 듯 그 교사를 바라보았다.

　"죄송합니다. 제가 한숨을 쉬니깐 아이가 왜 그런지 꼬치꼬치 캐물어서 그만 저도 모르게 이 상황을 말해 버렸습니다. 그런데 하필이면 회원의 아버지께서 방 밖에서 듣고 계셔서……."

교사가 부끄럽다는 듯이 말꼬리를 흐렸다.

사실 교사로서 보여 주어야 할 태도는 아니니깐.

최한영은 교사의 얼굴을 보고 한 번 한숨을 쉬었다.

본인도 얼마나 걱정이 되었으면 담당 학생 앞에서 그랬겠는가.

오히려 못난 자신의 탓 같아 미안할 지경이었다.

그래서 교사를 혼내기보다는 그의 말을 들어 보기로 생각을 바꿨다.

"무슨 제안인데?"

"지분만 괜찮게 나누면 저희 사업에 투자할 용의가 있다고……."

교사가 사장 최한영의 눈치를 살짝 보면서 말했다.

"투자?"

최한영은 잠시 고민에 빠졌다.

투자, 생각을 안 해 본 것은 아니다.

하지만 초기 비용이 만만치 않은 만큼, 그리고 지금은 정부의 과외 금지 조치로 학습지 사업이 호황이지만 이것이 언제까지 계속될지 미지수였다.

정부 정책 하나만 바뀌면 모든 게 달라진다.

그렇기 때문에 최한영이 섣불리 은행에 가서 대출을 받지 못했던 것도 사실이었다.

그리고 주변, 사업에 관해서 뭔가 좀 아는 사람들도 최한영의 공문수학 연구회에는 투자를 꺼렸다.

"만나 보도록 주선을 해 주게."

최한영이 잠시 침묵하더니 이내 결심했는지 고개를 끄덕이면서 말했다.

"아, 알겠습니다."

그때까지 마음을 졸이던 교사의 얼굴이 활짝 펴졌다.

김한기, 아니 그 안에 들어 있는 신 김춘추는 신이 나서 공문수학 연구회 사무실에 김춘추와 함께 동행했다.

김한기는 신이 나서는 가는 차 안에서 떠들었다.

"이 사업 괜찮지?"

그는 의기양양한 미소를 띠었다.

"뭐, 나쁘지 않네."

김춘추는 공문수학 연구회에 관한 자료들을 이미 다 들여다보았다.

정부의 과외 금지 조치가 풀린다고 해도 학습지 분야는 당분간 상승세를 이어 갈 것이라는 것이 그의 판단이었다.

"허락하는 거지?"

사업, 그 걸음걸음 • 245

김한기가 바보처럼 활짝 웃어 보였다.
"이미 한 거지. 투자는 하겠지만 학습지 분야는 주력 종목이 아니야."
"그럼?"
김한기가 다소 아쉽다는 듯이 입맛을 다셨다.
학습지 사업, 그 얼마나 쉬운 일인가.
앉아서 적당히 교재만 만지면 그만인데.
지금 김춘추가 어떤 말을 꺼낼지 그는 안 봐도 뻔히 알았다.
그가 얼마 전까지 있었던 일들을 종종 말해 주지 않았던가.
"나이지리아 한번 가야지."
김춘추가 씨익 웃어 보였다.
순간 김한기의 얼굴이 벌레 씹은 것처럼 변했다.
"왜? 언제는 해외에 한번 같이 돌아다니고 싶다며?"
김춘추가 짓궂게 웃어 보였다.
김춘추는 대한테크윈이란 이름으로 사업에 뛰어들었다.
기존 경영난을 겪고 있던 한진테크윈이란 회사를 가뿐하게 인수하고는 회사의 분야를 지상전투장비 방산 사업으로까지 확대를 선언했다.
회사를 인수한 지 채 한 달도 안 됐지만, 그는 지상전투장비 방산 사업의 허가를 받기 위해서 동분서주해야 했다.

사실 그가 가지고 있는 해외 인맥 중 한두 명만 끌어들이면 일은 쉽게 돌아간다.

그가 가지고 있는 해외 인맥들은 대단한 사람들로 포진되어 있었다.

무함마드 왕자와 어깨를 나란히 하거나 그 이상의 사람들이었다. 그들에게 연락만 해도 정부의 허가는 쉽게 따낼 수 있었다.

하지만 그는 그렇게 하지 않았다.

그리고 나이 어린 자신보다는 대표로서 신 김춘추이자 티페우리우스인 김한기를 내세웠다.

세상 물정에는 어두운 김한기라고 하나, 생각보다 사업이라는 것을 재밌어했다.

그리고 김춘추의 할머니 박애자와 함께 오랫동안 사람들을 접견해서 점을 봐주던 일을 했던지라 생각보다 꽤 많은 정부 요직의 인물들, 그들의 약점을 쥐고 있었다.

아니… 뭐, 그들 스스로 박애자에게 찾아와서 늘어놓았으니깐.

김춘추는 김한기와 함께 국방부, 정확히는 국방부 장관을 만나러 갔다.

"장관님을 뵈러 왔습니다."

김춘추의 말에 비서는 사전에 예약되어 있는지 장부를 확인하고는 두 사람을 장관이 있는 집무실로 안내했다.

똑똑.

"장군님, 대한테크원에서 왔습니다."

"들여보내."

장군의 말이 집무실에서 흘러나오자, 비서는 두 사람이 들어갈 수 있도록 문을 열어 주었다.

국방부 장관 진세득은 두 사람의 얼굴을 흘깃 보더니 다시 자신의 책상 위에 있는 서류로 시선을 돌렸다.

"대한테크원의 김춘추입니다. 이분은 대표이신 김한기 사장님이십니다."

김춘추가 상대의 무관심한 태도에 아랑곳하지 않고 자신들의 소개를 해 나갔다.

"시간은 5분 주겠네."

진세득은 그런 김춘추의 말을 무시하고는 짧게 말했다.

두 사람을 바라보는 그의 표정은 거만하기 짝이 없었다.

두리회의 요청을 거절할 수가 없어서 억지로 만나 주었다는 인상을 강하게 풍겼다.

두리회… 육군사관생들 중 특별히 선발된 엘리트들의 모임.

그 힘은 대한민국을 쥐고 흔들었다. 그 수장이 바로 절대 권력자이었으니깐.

어디 그뿐인가.

그곳에서 3명의 대통령이 나온다는 소문까지 돌고 있었다.

사실 대한테크윈이라는, 최근 사장이 교체 된 10년이 채 되지 않은 작은 사업체를 그가 굳이 시간을 내 만나는 것도 사실 기분이 상하는 일이었다.

하지만 이 바닥이 그랬다.

금권의 위력.

두리회의 위력을 무시할 수는 없으니깐.

그리고 국방부 장관이나 스타의 힘도.

떨어지고 나면 별 볼 일 없었다.

그때를 대비해서 자신들이 미는 방산 사업체가 저마다 하나씩은 있기 마련이었다.

"저희 방산업체는……."

김한기가 들고 온 007가방을 열어 서류를 꺼내면서 말했다. 하지만 그의 말은 이내 진세득에 의해 제지되었다.

"5분 동안 브리핑이 가능하겠나?"

그는 김한기와 김춘추를 가소롭게 여기는 표정을 지었다.

"브리핑이 어렵기는 하죠."

김춘추가 국방부 장관의 말을 받아쳤다.

"이제 벌써 1분이 흘렀네."

국방부 장관이 피식 웃으면서 말했다.

김춘추는 김한기의 손에 들린 브리핑 자료를 받아 들고는 국방부 장관의 책상 위에 놓았다.

"이게 뭔가?"

"4분 내로 검토해 보시죠."

국방부 장관 진세득은 김춘추의 말에 역정을 냈다.

"이 새끼가, 지금 누구에게 이래라저래라야!"

한때 육군 참모 총장까지 올라갔던 진세득으로서는 새파랗게 어린, 한눈에 봐도 20대 초중반이 될까 말까 한 김춘추의 행동이 매우 불쾌했다.

"이 새끼가 아니고 김춘추입니다. 그리고 이것을 4분 내로 검토 못하시면서 어떻게 저희에게 그 안에 브리핑하라고 하시는지 이해가 안 됩니다."

김춘추는 여전히 침착한 어조로 대답했다.

"당장 눈앞에서 꺼져!"

진세득은 화가 머리끝까지 나서 소리 질렀다.

"뭐, 이 자리에서 지금 물러나는 것은 어렵지 않습니다. 그래도 되겠습니까?"

"뭐? 이 자식이 날 협박해?"

"누가 누굴 협박했는지 모르겠군요. 지금 소리치시는 분은 장관님이십니다. 전 다만 저희가 이 자리에서 물러난 이후 후회하지 않겠냐고 다시 한 번 물어볼 따름입니다."

김춘추는 눈썹 하나 까딱하지 않고 진세득의 얼굴을 쳐다보면서 흔들림 없는 말투로 최후통첩을 했다.

"……."

이쯤 되고 보니 진세득이 되레 김춘추의 존재에 대해서

의문스러워졌다.

 도대체 저 새파랗게 어린 것이 무얼 믿고 저렇게 까부는 것일까.

 아니, 두리회의 장교 하나에게 적당히 뇌물을 주고 자신을 만나게 해 달라는 청탁은 누구든지 할 수가 있었다.

 하지만 자신의 말에 이토록 평정심을 갖고 말할 수 있는 자가 얼마나 될까.

 백 번 양보해서 두리회의 장교가 아니라 대통령의 인맥이라고 해도 자신의 태도에 조금은 흔들릴 법하다.

 그런데 전혀 흔들림이 없다.

 진세득은 김춘추의 얼굴을 뚫어지게 바라보았다.

 그제야 진세득은 김춘추의 얼굴이 어딘가 낯익다는 느낌을 받았다.

 김춘추는 진세득의 흔들리는 눈동자를 보았다.

 그때, 김한기가 진세득에게 소리쳤다.

 "거참, 빡빡하게 구시네. 여기 서류들은 정부 기준을 제대로 채웠는데."

 진세득은 김한기의 말에 분노가 머리끝까지 치밀어 올랐다.

 김춘추 역시 살짝 인상을 찌푸렸다.

 김한기가 제 버릇을 남 주지 못하는 것을 익히 알고 있어 이곳에 오기 전부터 신신당부했건만······.

"개 십팔 놈아, 니놈 눈엔 내가 니 집 똥개로 보이냐!"

휘익.

진세득은 그렇게 말하는 동시에 책상 위에 놓인 크리스탈 담뱃대를 김한기에게 내던졌다.

쨍그러렁.

김한기는 용케 크리스탈 담뱃대를 피했다.

크리스탈 담뱃대는 대리석 바닥에 떨어져 그대로 산산조각 나고 말았다.

이쯤 되고 보니 김한기가 가만히 있을 리가 없었다.

"그 돈 갖고 뭐 했더라~"

"……?"

진세득은 김한기의 엉뚱한 말에 순간 멈칫했다.

그의 마음 같아서는 몇 마디 욕설을 더 퍼부어 주고 싶었다.

그런데 이상하게 그의 머릿속에서 경종이 울리고 있었다.

진세득은 다시 한 번 두 사람의 얼굴을 번갈아 바라보았다.

"외국에서 폐기된 무기를 들여왔다고 했던가 어쨌던가. 무기 사라고 준 돈 가지고 어디에 투자하면 좋을까요~ 라고 누가 그랬지."

김한기가 희번덕거리며 진세득을 빤히 바라보면서 입을 놀렸다.

벌떡.

김한기의 말에 진세득은 자신도 모르게 자리에서 일어섰다.

그와 동시에 진세득은 김춘추를 어디에서 봤는지 떠올렸다. 물론 지금보다 훨씬 어렸을 때였지만.

그때도 훤칠한 미남으로 성장할 게 보였으니깐.

그럼에도 말을 못하는 장애인인지라, 그의 마누라가 그 사실을 안타깝게 여겼으니.

관악산 꽃선녀, 무당 박애자의 말 못하는 손주.

어떻게 지금 저리 말을 잘하는지.

아니, 그것 따위는 궁금하지 않다.

지금 김한기가 떠든 내용… 그것이 그를 아연실색하게 만들었다.

있을 수 없는 일이었다.

더구나 저 내용은 자신이 무당에게 직접 한 말도 아니었다.

무당이 모시고 있는 신 김춘추에게 절하면서 기도한 내용이었다.

당시 무당이 신 김춘추에게 솔직하게 모든 내용을 고하면서 기도하라고 했다.

살아 있는 사람도 아니니 그로서는 딱히 거리낄 게 없었다.

더구나 임금님 귀는 당나귀 귀라고, 이런 일을 마음속에 품고 가는 것보다 누군가에게 고하는 것도 한편으로는 괜찮게 여겨졌다.

그래서 이리저리 주절거리면서 신 김춘추라는 제단 위의 신에게 기도하듯이 속으로 말했다.

그 신이란 작자가 무당에게 말한 게 아닐까?

본디 무당들은 자신이 모시는 신과 소통할 수 있으니.

그리고 무당이 손주에게 그 사실을 알려 준 게 아닐까?

진세득의 머리는 복잡하게 돌아갔다.

하지만 그건 너무도 억측, 지나친 생각이었다.

그것보다는 분명 어딘가에서 비밀이 새어 나갔을 수도 있었다.

아무리 비밀을 준수한다고 해도 거래를 하기 위해서는 최소한 몇 사람은 통하게 되니깐.

그중 한 사람이라도 누군가에게 매수될 가능성이 아주 없지는 않았다.

거기까지 생각에 미친 진세득은 입맛이 썼다.

먹었을 때는 달콤했던 과일이 입안에 들어가서 자신의 오장육부를 비트는 기분이었다.

"같이 좀 먹고 삽시다."

김한기가 실실 웃으면서 진세득에게 말했다.

'이런……'

김춘추는 김한기를 죽을 듯이 노려보면서 서 있는 진세득의 옆으로 다가가 말했다.

"서류를 보시면 아시겠지만 지상전투장비 방산 사업 분야에 진출하는 데 결격 사유가 없습니다. 장관님께서 서류를 며칠 검토하시고 연락 주셔도 무방합니다."

"날 협박하는 거야?"

진세득이 이를 바드득 갈면서 김춘추에게 시선을 돌렸다.

"협박이라뇨? 방금 우리 사장님께서 무슨 말씀을 하셨는지 전 잘 모르겠습니다."

김춘추가 그렇게 대답하고는 김한기를 바라보았다.

"어, 내가 방금 무슨 말 했어? 아니, 했습니까?"

김한기는 김춘추의 눈짓에 짐짓 능청스럽게 말했다.

하지만 이것으로 넘어갈 진세득이 아니었다.

"니들, 날 협박하는 거면 실수한 거야. 내가 누군 줄 알아?"

"아주 잘 압니다. 두리회를 이끌고 있는 수장들 중 한 분 아니십니까? 그런데 말입니다……."

김춘추가 진세득을 보면서 말했다.

"그렇게 잘 아는 녀석들이 날 협박한다고 내가……!"

진세득은 김춘추의 말을 끝까지 들을 필요도 없다는 듯이 소리를 질렀다.

하지만 그의 말도 끝까지 이어지지 않았다.

"뭐, 수습할 수 있겠다 싶으면 알아서 잘 해 보시죠. 전 조만간 대통령 각하와 중동 시찰을 함께 가야 해서 그 준비를 하느라 바쁘거든요. 뒷일은 알아서 하십쇼."

김춘추가 차분한 어조로 말했다.

"……."

진세득은 잠시 망설였다.

그사이, 그의 머릿속은 빠르게 돌아갔다.

대통령과의 중동 시찰이라…….

눈앞의 이 젊은이가 도대체 누구란 말인가.

실세 중의 최고 실세, 각하가 그가 함께 시찰을 나간단 말인가.

꿀꺽.

진세득은 마른침을 삼켰다.

그가 아무리 오만하고 권위적인 사람이라고 해도 이 자리까지 올라온 데는 다 이유가 있었다.

처세술이 남다른 게 좋았다.

"좋네."

진세득은 가라앉은 음성으로 간신히 한마디 했다.

"감사합니다."

김춘추가 싱긋 웃었다.

"단……."

진세득은 김한기를 노려보면서 말했다.

"자네가 한 터무니없는 말로 날 협박해서 어찌해 볼 생각이라면 그대로 돌려주겠네."

김한기는 어깨를 으쓱대면서 말했다.

"무슨 말씀이신지……. 제가 무슨 말을 한 기억도 없는데요."

"그 말을 믿지. 나가 봐."

진세득은 여전히 김한기를 노려보았으나 더는 말하지 않았다.

며칠 후, 국방부로 사업 허가가 떨어진 것은 당연한 얘기였다.

나이지리아.

1960년 로열쉘에 의해 나이지리아에서 원유를 발굴한 이래로 아프리카 나라 중에서는 빠른 성장세를 보이고 있는 나라였다.

그중 경제 도시로 각광받고 있는 라고스는 빠른 속도로 화려하게 변해 가고 있었다.

바로 라고스를 방문하기 위해서 김춘추는 사와디, 김한기와 함께 모습을 드러냈다.

라고스 공항에 내리자 그들을 제일 먼저 반겨 준 것은 사하라 사막에서 불어오는 황사 바람이었다.
 세 사람은 자신들도 모르게 동시에 얼굴을 찡그렸다.
 그러고는 곧바로 예약해 둔 차를 타고 어딘가로 향했다.
 차 안, 차창 밖을 내다보면서 김한기가 신이 나서 떠들었다.
 그는 차안뿐 아니라 나이지리아행 비행기 안에서도 내내 신 나서 떠들어 댔었다.
"이제 보니깐 내 능력이 필요한 거네."
"무슨 말이시죠?"
 사와디가 영어로 김한기에게 질문을 했다.
"내가 잘났다는 거지."
 김한기는 사와디를 향하여 누런 이를 내보이면서 웃었다.
 그는 마음 같아서야 시시콜콜 자신이 어떻게 천 년 묵은 산삼을 찾을 수 있었는지 등의 자랑을 하고 싶었다.
 하지만 사전에 김춘추의 당부를 들은 터라 김한기는 굴뚝같은 마음을 누르고 있었다.
 그러니 김한기를 바라보는 사와디의 오해는 더욱 깊어 갔다.
 안하무인에 허풍까지 대단한 사람.
 그것이 김한기를 바라보는 사와디의 견해였다.
 김한기란 사람이 김춘추의 최측근인 것은 잘 알고 있었다.

어떤 까닭에서인지.

김춘추는 다소 경망스럽고 떠들썩한 김한기를 무척이나 신뢰하고 있었다.

그가 가는 곳이면 반드시 김한기를 데리고 다녔다.

그런 점에서 사와디는 김춘추가 이해되지 않았다.

아무리 김춘추의 나이가 어려서 얼굴마담이 필요하다고 해도.

김한기는 정말 아니다, 라는 생각이 들 정도였다.

지금만 봐도 그렇다.

호텔 로비에 들어서자마자 김춘추 앞에서 으쓱거리면서 어린애가 자랑하는 것처럼 굴고 있었다.

도무지 이해가 되지 않았다.

하지만 김춘추는 아무런 말도 하지 않았다.

'왜 저렇게 참아 주지.'

사와디는 속으로 생각했다.

하지만 그는 경호원으로서 잔뼈가 굵은 사내였다.

그런 만큼 자신의 속내를 드러내지는 않았다.

김춘추가 사와디의 속내를 모르는 것은 아니었다.

하지만 그의 오해쯤은 시간이 흐르면 해결이 될 것이었다.

김한기의 능력은 말로서가 아니라 조만간 행동으로서 드러날 터이니.

그리고 그런 상황 속에서도 자신에게 불평불만은커녕 김한기가 비행하는 내내 떠들고 있어도 불쾌한 기색을 내비치지 않았던 사와디에 대해서 높게 평가를 했다.

확실히 사와디란 자를 자신들의 새로운 회사, 원유 개발 회사의 대표로 삼은 결정이 다시 한 번 만족스러웠다.

김한기 안에 든, 원래 성격이 다소 경망스럽다기보다는 호기심이 왕성한 신 김춘추가 들어 있다 보니 어쩔 수가 없었다.

더구나 지상에 내려온 이후 한 번도 해외로 나가 보지 못했지 않은가.

사실 김한기에게 나이지리아에 가서 한번 고생을 바가지로 시키겠다고 놀려 댔지만…

과연 그것이 가능할지는 미지수였다.

티베트의 고대 동굴, 벽화에서 발견한 영혼의 이동에 관한 벽화를 보고 김춘추는 이것을 신 김춘추에게도 시행해 볼 만하다고 생각했다.

그래서 빈 육체를 준비했고, 그다음엔 그 육체에 정성껏 몇 가지 문신을 새겼다.

티페트의 고대 동굴 벽화에 새겨진 그 문양을 김한기의 등과 엉덩이 윗부분, 그리고 정강이에 새겼다.

결과는 대성공이었다.

비행기에 탑승한 김한기가 아무런 제약도 받지 않고 대한민국의 창공을 넘어선 것이었다.

그러니 지금 김한기는 아주 신이 나 있었다.

그것을 아주 잘 아는 김춘추는 김한기가 떠들어 대는 각종 말들을 참아 주고 있었다.

뭐, 조만간 한번 잡아야겠지만.

'언제 한번 그곳을 조사해 봐야겠군.'

김춘추는 자신이 알아봐야 할 목록에 티베트의 고대 동굴도 추가했다.

왠지 일이 점점 더 많아지는 것은 그의 기분 탓일까.

그런 상념도 이내 김한기의 질문에 깨져 버렸다.

"왜 이곳으로 온 거지?"

"만나 봐야 할 사람들이 있어서."

김춘추가 가볍게 대꾸했다.

"만나 봐야 할 사람?"

김한기가 의아하다는 듯이 질문했다.

요 근래 두 사람은 국내에서 무척 바쁘게 돌아다녔다.

같이 다닐 때도 있지만, 따로 다닐 때도 어쩔 수 없이 있었다.

이미 결정 난 사업 같은 경우는 초반에 김춘추가 자리를 잡을 수 있도록 전력투구했다.

물론 얼굴마담 격으로 김한기도 따라다녔지만 마냥 따라다닌 것만은 아니었다.

사람들의 접대라든지, 그런 몫은 김한기가 해야 할 부분이었다.

김춘추의 나이가 어리다 보니 술자리까지 함께할 수는 없었다.

아니, 나이가 많다고 해도 술자리는 김춘추의 취향이 절대 아니었다.

게다가 김춘추는 하루 24시간이 부족해서 미칠 정도로 온갖 서류들에 치여 살았다.

김한기가 한 번은 물었다.

사업을 하나씩 하면 되지, 왜 그렇게 동시다발적으로 세우냐고.

그랬더니 김춘추가 하는 말이 멀티플레이가 좋단다.

그리고 이내 덧붙여 말했다.

세상은 미친 듯이 바쁘게 돌아간다고.

그리고 고속으로 성장하고 있다고.

그에 맞추려면 지금 이렇게 사업을 확장해도 시간이 모자라다고 했다.

김한기로서는 김춘추의 말이 다 이해되는 것은 아니었지만 그의 말이라면 뭐, 사실일 게다.

김춘추는 두 사람을 데리고 호텔 프론트 직원 앞으로 다가갔다.

"로열쉘의 리치몬드 이사님을 만나러 왔습니다."

"누구라고 전해 드리죠?"
"엠퍼러의 사와디 사장님께서 오셨다고 전하시면 됩니다."
"잠시 기다리시죠."
호텔 프론트 직원은 어딘가로 전화하더니 이내 전화를 끊고는 세 사람에게 말했다.
"잠시 기다리시죠. 곧 비서가 내려오겠다고 합니다.
"알겠습니다."
"김춘추는 고개를 끄덕이고는, 이내 로비에 있는 의자에 앉았다.
사와디와 김한기도 말없이 자리에 앉았다.

1시간 후.
여전히 로열쉘에서 보낸 비서는 나타나지 않았다.
"이런 제길. 우리를 골탕 먹이는 건가."
김한기가 중얼거렸다.
"그럴지도……."
김춘추는 침착하게 대답했다.
"계속 이대로 있어야 하는 겁니까?"
사와디가 김춘추에게 물었다.
"일단 아쉬운 것은 우리입니다."
김춘추는 그렇게 말하고는 아랫입술을 깨물었다.

사업, 그 걸음걸음 • 263

나이지리아의 원유 개발 80퍼센트는 로열쉘이 나이지리아 정부와 함께 담당하고 있었다.

그러니 이곳에서 원유를 탐사 개발을 하려면 로열쉘과 일단은 손을 잡고 작업을 해야 했다.

나이지리아 정부의 관료들을 포섭하는 것은 어렵지 않다. 그들은 돈만 있으면 기꺼이 이권을 내준다.

하지만 네덜란드와 영국의 합작 회사인 로열쉘은 절대 만만치 않은 존재였다.

아무것도 없이 무작정 개발 탐사만 한다고 모든 일이 해결되는 것은 절대 아니기에.

김춘추는 필요한 모든 장비를 갖고 있는 로열쉘사가 꼭 필요했다.

비록 시작은 이렇지만.

그 나중은 로열쉘사와 어깨를 나란히 하게 될 것이라고 그는 믿고 있었다.

"왕자님이 손을 썼는데도 이런 대접이네요."

사와디가 자조적인 어조로 말했다.

시작부터 이런 낭패를 겪으니, 아직 사업에 관해서 문외한이나 다름없는 사와디로서는 당연한 반응이었다.

"뭘 그렇게 호들갑을 떨어."

김한기가 그런 사와디에게 면박을 주면서 계속 말했다.

"남의 돈 먹는 게 쉬운 줄 알아? 사업이란 게 다 이렇게 시작하는 거야."

"……."

사와디는 순간 꿀 먹은 벙어리가 됐다.

김한기의 말이 틀린 것은 아니다.

그런데 평소 경망스러운 인간이라고 여긴 김한기가 이런 말을 하니 다소 아이러니했기 때문이다.

김춘추가 다시 한 번 호텔 프론트 직원에게 다가갔다.

직원은 미안한 표정으로 어딘가로 또 전화를 했다.

이내 그녀는 수화기를 내려놓고는 난처한 빛을 띠었다.

"갑자기 바쁜 일이 생기셔서 델타주로 가셨답니다."

"그렇다면 또 언제 만날 수 있을까요? 한국에서 이곳까지 꼬박 이틀간 날아왔는데."

"죄송합니다. 제가 비서도 아니고, 그런 일정까지는 알 도리가 없습니다."

"그렇다면 그 비서분과 통화를 하게 해 주시죠."

"죄송합니다. 사전에 허락을 받은 분이 아니면 비서의 전화번호도 줄 수가 없습니다."

호텔 프론트 직원은 상당히 미안한 표정을 지으면서도 단칼에 김춘추의 부탁을 거절했다.

그녀도 그럴 수밖에 없었다.

이곳에서 로열쉘사의 힘은 정부의 관료들보다 더 강했다.

그리고 이 호텔조차 로열쉘사의 지부 역할을 하고 있었다.

그러니 그녀가 김춘추를 위해서 취해 줄 수 있는 것은 아무것도 없었다.

"좋습니다. 델타주로 가셨다고 하는데, 제가 그곳으로 가면 만날 수 있는지 한 번 더 여쭤봐 주십시오."

"알겠습니다."

직원은 그렇게 말하고는 다시 한 번 수화기를 드는 수고를 마다하지 않았다.

워낙 김춘추의 인상이 좋은 편이었고, 상당히 예의 바르고 정중한 태도로 직원을 대하고 있었기에.

그녀가 할 수 있는 선에서 모든 도움을 주고 싶었다.

프론트 직원은 역시 이내 전화를 끊고는 말했다.

"워리로 오시랍니다."

"델타주의 워리 말씀입니까?"

"네……."

직원은 그렇게 대답하고는 김춘추의 눈치를 살폈다.

"제 걱정을 해 주시는 겁니까?"

김춘추가 환히 웃어 보였다.

"그곳 치안이 상당히 안 좋아요. 외국인들은 경찰을 대동하지 않고서는 돌아다니기가 쉽지 않을 거예요."

직원은 누가 들을세라 낮게, 재빨리 속삭였다.

그녀의 말은 틀리지 않았다.

니제르델타는 서부아프리카의 젖줄이 되는 니제르강의

삼각주 지역을 뜻하는데, 전부 9개의 주로 이루어져 있고 그 안에 수많은 소수 부족들이 있었다.

치안 상태는 그야말로 엉망진창, 그곳에서 원유를 발굴한 이래로 각종 전쟁이 난무했다.

그런데 그곳의 중심지인 델타주의 워리에 간다는 것은 목숨을 내놓고 들어가는 것과 다름이 없었다.

"고맙습니다. 조심하죠. 그러면 나중에 뵙겠습니다."

김춘추는 직원에게 한 번 더 웃어 주고는 사와디와 김한기가 앉아 있는 자리로 돌아오면서 잠시 생각을 정리했다.

'이건 협박이자 시험이군.'

김춘추는 로열쉘의 리치몬드 이사를 떠올렸다.

만나 본 적은 없지만 이미 정보를 통해서 그에 대한 인적 사항 등 모든 것을 파악했다.

험악한 나이지리아에서 정부 관료들을 구워삶아 자신의 편으로 삼고 무소불위의 파워를 발휘하고 있는 자였다.

더구나 그는 자신의 목적, 로열쉘의 목적을 위해서라면 그 어떤 악행도 서슴지 않고, 그것을 은폐하는 데 눈 하나 깜짝하지 않는 사람이라는 것도 알고 있었다.

나이지리아에서 로열쉘의 라이벌이 될 법한 자들이 나타나면 그들의 목숨을 앗아 가는 것도 포함해서 말이다.

워리에 들어간다는 것은 곧 목숨을 위협받는 일이었다.

"뭐래?"

김한기가 뚱하게 물었다.
"워리로 오래."
김춘추가 별거 아니란 식으로 대꾸했다.
"워리요?"
사와디는 자신이 잘못 들은 줄을 알고 깜짝 놀라면서 되물었다.
"뭐, 어차피 가야 할 곳인데요?"
김춘추가 새하얀 이를 내보이면서 웃었다.
"그, 그렇긴 한데… 지금 당장 가리라고는……."
사와디가 긴장한 기색을 띠었다.
이렇게 빨리 그곳을 가리라고는 생각지 못한 그였다.
하지만 김춘추의 담담한 모습에, 그보다 나이가 많은 자신이 당황하고 있다는 것을 깨달았다.
심지어 수다스럽고 허풍이 센 김한기마저 그의 말을 듣고도 콧구멍을 아무렇지도 않게 쑤시고 있었다.
저들은 전혀 두려워하지 않고 있다.
하긴, 그랬다면 애초에 이 분야에 뛰어들지도 않았을 것이다.
사와디는 자신이 모시던 왕자님의 힘만 믿고 있던 안일한 자신을 탓했다.
세 사람은 곧바로 델타주의 워리로 향했다.
김춘추는 워리에 도착하자마자 로열쉘의 리치몬드 이사

를 찾지 않았다.

그는 그곳의 소수 부족 중 하나인 발키워리 부족을 찾았다.

발키워리 부족 그 자체가 워리의 원주민이기도 했다.

한때는 서구의 침략 세력에 유럽이나 미국 상류층의 노예로 팔려 갔던…….

그리고 지금은 정부군과 로열쉘의 힘에 점점 생활의 터를 잃고 일자리를 찾아 나서는 부족이기도 했다.

사와디는 이곳에서도 김춘추의 능력에 또 한 번 경탄해 마지않았다.

아니, 김한기의 실력도 인정했다.

발키워리 부족의 거주지를 찾아낸 것은 김한기의 재주였다.

그들 부족이 어디에 거주하고 있는지 찾아낸 것만으로도 정말 대단했다.

그리고 김춘추는 그들 부족어로 부족장과 대화를 나누었다.

참으로 놀라지 않을 수가 없었다.

그들 부족어로 대화를 나누었단 것 하나로 발키워리 부족의 경계심은 해제되었다.

그들은 발키워리 부족의 안내를 받아 로열쉘의 리치먼드 이사가 묵고 있는 워리 호텔에 무사히 찾아갔다.

김춘추 일행의 방문을 받은 로열쉘의 리치먼드 이사가 그야말로 똥 씹은 듯한 표정을 지은 것은 당연했다.

제9장

판테온, 그 뜻밖의 출현

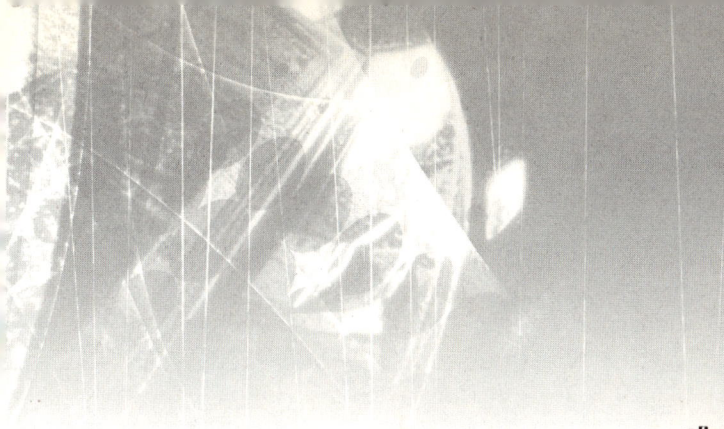

번쩍.

우르르릉 콰광!

이곳 관악산 정상 위에서는 특이한 일이 생겼다.

바로 마른하늘이 요란하게 소리를 지르고 있었다.

정말 기이한 일이었다.

마른하늘의 날벼락이란 말이 제대로 어울렸다.

하지만 산 정상이 아닌 입구 쪽에 있는 관광객들이라면 마른하늘의 날벼락은 구경하지도 못했으리라.

오로지 산 정상 부근에서만 벌어진 신기한 일이었다.

그렇다면 이곳에 무언가가 있는 걸까?

하지만 이런 의문도 알아봐 주는 이들이 없다면 쓸모가

없다.

평일의 한낮에는 관악산 정상을 찾는 등산객이 그리 많지 않았다.

대부분의 서민들은 오늘도 먹고살기 위해서 동분서주하고 있고.

관악산에 물을 길러 오는 아이들은 아직 학교에서 하기 싫은 수업에 매달려 있으니깐 말이다.

그리고…

벼락이 내리는 이곳은 정확하게 김춘추가 결계를 쳐 놓은 공간이었다.

지금은 인간 김한기의 육체에 들어간 신 김춘추가 천계에서 쫓겨나 처음 도착했던 곳이기도 했다.

그리고 또 무언가가 이곳에서 나타나려는 듯이 요동을 치고 있었다.

마치 알에서 깨어나려고 몸부림을 치는 병아리처럼.

마른하늘은 그렇게 날벼락을 토해 내고 있었다.

우르르릉! 콰쾅!

또 한 번 마른하늘은 마지막 고함이라는 듯이 요란하게 소리를 뱉어 놓았다.

…….

일순 모든 것이 잠잠해졌다.

아니, 모든 것이 아니었다.

"뭔 날씨가 이렇게 개떡 같아."

관악산 입구에서 막 등산을 시작하려다가 쏟아지는 소나기에 다시 철수하던 등산객이 변덕스러운 날씨에 인상을 구겼다.

그러면서 그는 다시 한 번 하늘을 쳐다보았다.

하늘은 언제 그랬냐는 듯이 맑기 그지없었다.

'다시 올라가야 하나.'

등산객은 주변을 두리번거렸다.

이윽고, 그는 발길을 다시 등산 초입으로 돌렸다.

그때였다.

끼이익.

한 대의 검은 승용차가 등산 초입 앞으로 급브레이크를 잡으면서 섰다.

곧, 두 명의 사내가 차 안에서 뛰쳐나왔다.

그 둘은 자신들을 지켜보고 있는 등산객의 시선은 아랑곳하지 않고, 승용차마저 그대로 팽개치고는 산 위로 뛰어올라갔다.

'뭔 저런 사람들이 다 있어.'

등산객은 어이가 없다는 표정을 지으면서 그들이 내팽개친 승용차를 한 번 쳐다보았다.

그리고 다시 올라간 그들을 보려고 시선을 돌렸지만, 어느새 그들의 모습이 보이지 않았다.

'귀신이 곡할 노릇이네. 벌써 저 위로 올라섰단 말인가. 산 위에 뭐가 있기에 저토록 서두르지?'

등산객은 순간 호기심이 동했다.

그의 발걸음도 어느새 산 쪽으로 향하고 있었다.

◈ ◈ ◈

장충동, 남산으로 이어지는 길의 외곽에 새하얀 건물 한 채가 세워져 있었다.

건물 밖의 외관은 상당히 평범해 보이는 곳이었다.

건물 안으로 들어서도 처음엔 딱히 특별한 것이 없다.

그곳엔 휑하게 넓은, 로비만이 있을 뿐이었다.

하지만 그 로비에서 지하로 향하는 엘리베이터가 있었다.

그 엘리베이터를 타고 아래로 내려가면…

만약, 외부인들이 이곳의 시설을 본다면 그야말로 기절초풍할 것이다.

지하에는 각종 첨단 장비들과 연구원들이 실험을 하느라 바삐 움직이고 있었다.

어디 그것뿐인가.

몇몇 새하얀 방에는 수면 상태이거나, 혹은 눈에 초점이 없어 보이는 사람들이 수용되어 있었다.

이들은 연구원들이 연구하는 실험 대상체였다.

상당히 기가 막힌 일이 아닐 수 없다.

대한민국 땅에서, 이토록 사람을 가둬 놓고 실험을 자행하다니.

절대 있을 수 없는 일이기도 했다.

만약 이곳의 시설이나 상황이 외부로 새어 나간다면 그야말로 난리가 날 것이 뻔했다.

그래서인지 이곳의 보안은 그 어느 곳보다 삼엄했다.

곳곳에는 경비들이 철통같이 지키고 있었다.

"지미, 어떻게 됐어?"

한 연구원이 컴퓨터 프로그래머인 지미를 불렀다.

"곧 복구해."

금발에 곱슬머리인 지미가 인상을 쓰면서 대답했다.

"부장님께 보고했어?"

"당연하지. 갑자기 모든 프로그램이 나갔는데. 지미, 너무 속상해하지 말라고. 이 모든 것을 네가 전부 다 잘 해낼 수는 없잖아."

연구원 진이 웃으면서 지미를 안심시켰다.

"그렇긴 하지. 하지만 이런 일은 처음이니 그렇지. 정말 이상해."

지미가 고개를 갸웃거리면서 말했다.

"네 탓이 아니라고 보고했어. 모든 컴퓨터가 동시에 나갔는데······."

"그러니깐 부장님이 더 나를 질책할 게 뻔해."

지미는 안 봐도 뻔하다는 식으로 투덜거렸다.

그러고는 컴퓨터 키보드를 몇 번 두드리더니 이내 밝은 표정이 되었다.

"어, 복구됐는데?"

하지만 진은 오히려 모니터를 보고 고개를 갸우뚱거렸다.

"이거 이상한데……."

"왜?"

지미는 진의 반응에 의아한 빛을 띠었다.

"여기 좀 봐."

진이 가리키는 모니터에서는 각 지부의 상황이 속속들이 올라오고 있었다.

모든 보고가 똑같았다.

방금 전 일어난 기계의 오작동에 관한 내용이었다.

물론 오작동도 상황이 각각 달랐다.

"여기 피해가 제일 심한데?"

지미가 지부의 상황들을 체크하면서 말했다.

"흠, 이곳에 뭐가 있다는 거지?"

진이 자못 궁금하다는 듯이 말했다.

"이제부터 알아봐야지, 우리가 연의 최정예 요원들이라는 것을 잊지는 않았겠지?"

지미가 자부심 어린 어조로 말했다.

✧ ✧ ✧

출렁출렁.

김춘추가 평소 명상을 즐기는 바로 그 동굴 안.

갑자기 허공에서 무언가가 출렁거렸다.

사실 그 동굴 안에서 무언가가 나타난다는 것은 현실적으로 불가능하다.

김춘추가 결계를 다중으로 쳐 놓은 곳이기 때문이다.

신 김춘추가 천계에서 떨어질 때도 동굴 안은 아니었다.

동굴 앞이었지.

그 광경을 김춘추의 할머니 박애자가 보고 얼마나 놀랬는지.

물론 신 김춘추의 그 모습은 처음이자 마지막으로 박애자가 본 광경이었다.

아무래도 천계에서 바로 인간의 땅으로 쫓겨난 직후라 그 모습이 인간의 눈에 띈 것으로 신 김춘추는 추리하고 있었다.

어쨌거나 이런 우연이 또 한 번 이곳에서 겹쳐 더욱 기묘하게 벌어지고 있었다.

출렁출렁.

허공의 그것은 마치 움직이는 물처럼 이리저리 요동치기 시작했다.

그러더니 서서히 벽에 금이 가듯 그곳에도 금이 가더니 점점 벌어지기 시작했다.

쩌어억. 쩌억.

허공의 금이 제법 벌어졌다.

그 순간…….

툭.

허공의 벌어진 금 사이에서 무언가가 바닥으로 떨어졌다.

확!

동시에 벌어졌던 금도, 출렁이던 그것도 전부 사라져 버렸다.

남은 것은 바닥의 그것 하나.

아니, 여자애 하나.

황녀 리디아 알바누스 데 팔라이고스.

한때 판테온을 호령하던 헬레니드 대륙, 지그에논 제국의 황녀.

그녀가 패망하고 있는 지그에논을 살리기 위해 아버지인 황제 테토도르 아이레네스 왈라키아 에피루스 데 팔라이고스 3세의 명을 받들어 차원을 넘어 이곳으로 왔다.

"여긴가?"

그녀는 큰 눈망울을 또르르 굴리면서 혼자 중얼거렸다.

황녀의 새하얗고 자그만 얼굴은 크고 갈색빛을 머금은 그녀의 눈을 더욱 돋보이게 해 주었다.

리디아 황녀는 동굴 주변을 두리번거렸다.

언뜻 보아도 판테온과 큰 차이가 없어 보였다.

물론 이곳을 나가 봐야 제대로 된 판단을 내릴 수가 있지만 말이다.

'저것들은 뭐지?'

리디아 황녀는 동굴 안에 있는 여러 가지 물건들을 호기심 어리게 보았다.

오랜 세월의 흔적이 엿보이는 궤짝 몇 개.

그리고 침상 하나가 동굴에 놓여 있었다.

침상 옆에는 접시로 추정되는 물건과 초가 세워져 있었다.

그것은 그녀가 있는 곳과 별반 다르지 않은 물건이었다.

하지만 그 옆에 있는 원통형의 물건은 당최 모르겠다.

리디아 황녀는 호기심을 누르지 못하고 그 물건을 집어 들었다.

원통형 위에 무언가 조그만 버튼 같은 것이 있었다.

리디아 황녀는 그 버튼을 눌렀다.

번쩍.

원통형의 물건이 갑자기 빛을 뿜어 댔다.

지구에서 흔히 쓰이는 손전등이었다.

하지만 리디아 황녀가 그것을 알 리가 없었다.

판테온에서는 지구와 유사한 초라든지, 마법 등을 이용한 아티팩트로 방을 밝혔으니깐.

'비슷한 것도 있고 전혀 못 보던 물건도 있는 걸 보니 마법이 성공한 걸까?'

리디아 황녀는 고개를 갸웃거리면서 생각에 잠겼다.

일단 이 동굴을 나가 보는 것이 상책이라고 그녀는 결론을 내렸다.

부스럭.

리디아 황녀는 몸을 일으켜 세웠다.

언제까지고 이곳에 머무를 수는 없었다.

자신의 사명을 다하기 위해서는 한시라도 빨리 움직여야 했기 때문이다.

출렁출렁.

리디아 황녀가 동굴 밖으로 막 나올 때였다.

익숙한 기감에 그녀는 자신이 나온 동굴, 그 앞을 가리고 있는 바위를 바라보았다.

그제야 그녀는 자신이 나온 동굴이 마법으로 가려져 있었다는 것을 깨달았다.

'이곳도 마법이 존재하는 곳인가? 이상하네. 마나의 기운은 느껴지지 않는데……'

리디아 황녀는 주변을 바라보았다.

그때였다.

풀숲을 제치고 한 사내가 갑자기 그녀가 있는 곳에 나타났다.

"음……."

사내는 제일 먼저 리디아 황녀를 발견하고는 신음 소리를 냈다.

그리고 이어서 또 한 명의 사내, 조금 전의 사내보다 훨씬 늙어 보이는 자가 나타났다.

"쟨 뭐야?"

김한기가 리디아 황녀를 보고는 소리쳤다.

앞서 온 사내, 김춘추는 여전히 아무런 말도 하지 않았다.

그는 리디아 황녀의 모습에 뭔가 골똘히 생각하는 눈치였다.

리디아 황녀는 자신의 오른쪽 약지 손가락에 끼어 있는 반지를 왼손으로 살짝 쓰다듬었다.

그리고 속으로 주문을 외워 반지가 활성화되도록 했다.

반지는 원래 자동 번역 통신 아티팩트였다.

마나를 반지에 넣음으로써 그녀가 내는 목소리가 현지의 언어로 자동 바뀌게 된다.

또한 그녀가 그의 가문 사람이라는 증거이기도 했다.

'휴, 마나가 남아서 다행이야.'

아티팩트를 활성화시키기 위해서는 그녀의 마나가 필요했기 때문이다.

하지만 자신이 온 곳은 마나가 거의 없는, 아주 희박한 곳이라고 알고 있었다.

'일단 저들에게 물어보자.'

리디아 황녀는 자신을 바라보고 있는 한 사람과 무언가 생각에 잠긴 듯한 한 사람을 번갈아 쳐다보다가 입을 열었다.

"여긴 어딘가요?"

그녀의 목소리가 살짝 떨려왔다.

"넌 누구야?"

김한기가 평소 성격답게 버럭 소리를 질렀다.

리디아 황녀의 눈이 동그래졌다.

그 누가 자신에게 이토록 소리를 지를 수 있단 말인가.

"그러는 댁은 누군데 이렇게 무례하게 나오시죠?"

"나, 김한긴데. 넌 누구야?"

리디아 황녀의 말에 김한기가 말했다.

"아……."

그녀는 두 번째 사내의 무례가 여전히 불쾌했다.

그래서 입을 옴팡지게 다물었다.

"전 김춘추라고 합니다. 실례지만 신분을 밝혀 주시면 제가 도울 수 있는 부분은 도와 드리겠습니다."

그때까지 말이 없던 김춘추가 나섰다.

리디아 황녀는 김춘추의 말에 다소 마음이 풀어졌는지 자신의 소개를 했다.

"지그에논 제국의 황녀, 리디아 알바누스 데 팔라이고스라고 합니다."

그녀는 자신의 소개를 하면서 입고 있던 드레스 자락의 양옆을 가볍게 쥐고는 눈을 살짝 내리깔았다.

황녀로서 상대의 신분이 어떤지 모르는 상태에서 함부로 고개를 숙이는 것은 체통이 서지 않았기 때문이다.

"지그에논 제국? 허 참, 그런 나라가 있어?"

김한기가 리디아 황녀의 말에 김춘추의 얼굴을 쳐다보면서 물었다.

"없을걸."

김춘추가 고개를 저었다.

그는 지금 이 상황이 매우 심각하다고 결론을 내렸다.

나이지리아에서 막 돌아오자마자 이 무슨 사달인가.

한 번도 이런 이상하고 이해할 수 없는 기운이 관악산을 몰아친 적은 없었다.

그리고 그 기운의 근원지가 바로 자신의 아지트가 있는 곳이라니.

서둘러 김한기를 데리고 이곳으로 올라온 김춘추였다.

그런데 이곳에 떡하니 중세 시대 때 공주나 귀족들이 입을 법한 드레스를 걸친 여자 하나가 서 있었다.

"여기는 어딘가요?"

리디아 황녀는 진심으로 궁금하다는 듯이 김춘추에게 질

문했다.

"여기는 지구, 대한민국 수도 서울, 관악산 정상 부근입니다."

김춘추는 애매모호한 표정을 지으면서 대답했다.

"아, 주문이 성공한 셈이군요."

리디아 황녀는 밝은 미소를 띠면서 말했다.

"주문이 성공하다니요?"

김춘추는 황녀의 말에 자신도 모르게 질문했다.

"두 세계를 잇는 주문이랍니다. 저는 판테온이란 세계에서 왔습니다. 과거 저희 선조께선 지구라는 곳에서 오셨다고 하셨습니다."

리디아 황녀의 입에서는 황당무계한 말들이 줄줄이 나왔다.

김춘추와 김한기는 이 사태를 어찌 봐야 할지 입을 딱 벌렸다.

외전

번쩍.

우르르릉 콰콰콰쾅!

쏴아아아아아악.

쐐애애애애액.

번쩌쩍!

천둥을 동반하는 번개가 헬레니드 대륙에 내리꽂히고 있었다.

그와 동시에 쏟아지는 굵은 빗줄기는 사람들로 하여금 외출마저 꺼리게 할 정도로 끊임없이 내렸다.

마치 하늘에 구멍이라도 뚫린 것처럼.

그리고…

한때 헬레니드 대륙의 패권을 쥐고 뒤흔들었던 지그에논 제국, 황성.

말이 제국이고…

황제가 산다고 하여 황성이라고 하지만 이미 그 명성은 오래전 역사의 뒤안길로 사라지고 이제 두서너 개의 지방만 남은 초라한 제국이었다.

황성 안의 모습 역시 제국의 현 실태가 어떠한지 잘 드러내고 있었다.

한때는 아름다웠을 수십 개의 장원과 성들은, 손질은커녕 전쟁 후 피폐해진 모습 그대로 복구되지 않고 있었다.

게다가 원래대로라면 황성 안에 있어야 할 4개의 마탑 중 이미 3개는 완전히 붕괴되어 버렸고, 겨우 1개의 마탑만이 기능을 하고 있었다.

하지만 그조차도 큰 비라도 한 번 오면 곧 무너져 내릴 것 같은 위태로운 외양을 하고 있었다.

바로 오늘 같은 폭우처럼 말이다.

황성의 바깥 모습도 이럴진대 그 안을 들여다보면 더 볼품없고 초라할 뿐이었다.

한때는 수백, 수천의 대륙 전역 사자들의 발이 닳고 닳았던 황제가 외부인을 알현하는 중앙홀에는, 최근 10년간 외국에서 사자를 맞이해 본 적이 없는, 말 그대로 빛바랜 이름처럼 퇴색해 어두컴컴한 모습이었다.

마법을 이용하여 어둠을 밝히는 수정구도 없는…….

수백 년 전에 깔렸던 융단이 빛이 바래진 그대로 깔려 있는 중앙홀.

아침부터 쏟아지던 폭우와 번개, 천둥을 데리고 온 대륙을 감싸고 있는 검은 구름은 황성 안의 빛을 완전히 차단하고 있었다.

그리고 중앙홀에 우두커니 서 있는 두 사내.

바로 데토도르 아이레네스 왈라키아 에피루스 데 팔라이고스 3세와 그의 아들 콘스탄트 알바누스 데 팔라이고스였다.

황제와 황태자.

단 두 사람만이 어두컴컴한 중앙홀에서 무언가 심각한 이야기를 나누고 있었다.

"이제 그만 가라."

데토도르 팔라이고스 3세의 얼굴엔 단호한 빛이 떠올랐다.

정작 황태자인 콘스탄트 팔라이고스는 이 상황을 선뜻 받아들이지 못하고 있었다.

그의 머리로는 이미 오래전부터 아버지, 황제의 명에 각오하고 있었던 일로, 단지 그 일이 지금 일어났을 뿐이라고 속삭여 댄다.

하지만 그의 가슴은 자신에게 닥친 그 순간이 지금이라는 게… 받아들이기에는 너무 먹먹하다고 말하고 있었다.

"아바마마, 갈 때 가더라도 어마마마에게 인사는 드리고 가야 하지 않겠습니까? 게다가 리디아에게도……."

"이미 네 어미와도 이야기가 끝났던 일 아니냐. 언제든 이 시간이 오면 따르기로 네가 약속하지 않았더냐? 지금 네가 할 일은 힘을 모아 되돌아오는 것이다. 리디아도 그것을 더 기뻐할 것이다."

황제는 황태자를 보면서 최대한 무덤덤한 어투로 말했다.

하지만 그의 가슴 역시 뜨겁게 타오르고 있었다.

이대로 아들을 보내면 언제 다시 돌아올지 모른다.

어떻게 얻은 아들인가.

어떻게 키운 자식인가.

하지만 그런 뜨거운 부정보다, 그는 제국의 황제였다.

제국이 남긴, 제국의 부활을 자신의 대에 완성하지 못한다면 아들이라도 할 수 있는 길을 열어 주어야 한다.

그의 미래를 위해서라도 말이다.

콘스탄트 팔라이고스는 아랫입술을 깨물었다.

오래전부터 황제가 그에게 다짐하고 또 다짐받았던 사명이 아닌가.

그 자신조차 이때가 오면 기꺼이 황태자로서 훌륭하게 해낼 것이라고 세뇌시키고 또 세뇌시키지 않았던가.

그런데 막상 그 일이 지금 일어나고 있자 그의 머릿속은 혼란스러워졌다.

그 일 앞에 서니, 지금 서 있는 이 모든 시간과 공간이 마지막이 될 수 있다는 아찔함이 황태자, 콘스탄트 알바누스 데 팔라이고스의 발목을 잡았다.

비록 그가 황태자이고 제국의 영광을 부활시키기 위해서 반드시 완수해야 할 사명이라고 해도…….

그의 의식 중 어느 한쪽은 자신의 모든 것을 단 한순간에 무너트리는 이 일에 대해서 심각한 경고를 하고 있었다.

할 수만 있다면 이 잔을 피하고 싶다.

하지만…

그는 지그에논 제국의 황태자가 아닌가.

이미 헬레니드 대륙, 지그에논 제국의 황태자로 태어났을 때부터 이날의 이 일을 치를 운명이었다.

어릴 때부터 듣고 자란 이야기.

지그에논 제국이 얼마나 컸는지.

그 영광이 얼마나 대단했는지.

그리고 그 마지막엔… 꼭 너는 반드시 이 일을 성공적으로 마치고 제국의 영광을 회복시켜야 한다.

헬레니드 대륙에 지그에논 제국의 깃발을 다시 전역에 꽂아야 한다.

황태자가 아닌 인간 콘스탄트로서만 본다면 지금 이대로가 좋다.

비록 황태자의 신분으로 태어났지만 작고 작은 제국에선

특별한 대접을 받지 않고 자랐다.

 신하들, 하인들의 자식들과 함께 어울려 다니면서 말썽도 부리고 공부도 같이 하고 마법도 배우고, 때로는 서로 힘겨루기 한다면서 대련도 하는 등…

 그런 나날이 오히려 즐거웠다.

 하지만 이런 소소한 행복도, 몇 년 전 넘어간 영지를 생각하면 그리 오래가지 못할 것이란 것을 콘스탄트 황태자는 알고 있었다.

 조만간 또 어떤 영지가 다른 제국이나 왕국에 넘어갈까?

 그가 되돌아올 때 과연 영지가 남아 있기라도 할까?

 아니… 지그에논 제국이란 이름이 완전히 사라지지는 않을지.

 그래서 가야 한다.

 인간으로서 누리는 소소한 행복도.

 사랑하는 아버지와 어머니.

 그리고 사랑스런 여동생 리디아, 그리고 친우들…

 모두를 지키기 위해서는.

 그 일밖에 지그에논 제국에 남은 희망은 없었다.

 이대로라면 제국이 앞으로 10년도 못 갈 것임을 황태자도 잘 알고 있었다.

 승부수가 필요했다.

 제국의 미래까지 완전히 바꿀 만한 승부수.

"여봐라!"

테토도르 팔라이고스 3세가 세 겹으로 드리워진 휘장 너머를 향해서 소리쳤다.

사각사각.

조심스러운 발걸음.

황제의 부름에 휘장 너머에서 회색빛 두건을 눌러쓴 7명의 사제들이 줄줄이 걸어 나왔다.

그들은 황제를 향하여 허리를 숙여 경의를 표했다.

그러더니 이내 황태자인 콘스탄트 팔라이고스를 약속이나 한 듯이 둘러쌌다.

그때였다.

벌컥.

"아바마마, 마지막 인사라도 하게 해 주세요!"

리디아 황녀가 중앙홀 문을 거세게 열고는 거친 숨을 몰아쉬면서 달려왔다.

"리디아……."

여동생 리디아의 모습을 본 콘스탄트가 자신도 모르게 안도의 한숨을 내쉬었다.

"잠시 기다려라."

그 광경을 본 테토도르 팔라이고스 3세는 눈살을 찌푸린 채로 대기하고 있는 사제들에게 명령을 내렸다.

그 사이 리디아 황녀가 그들의 곁에 섰다.

"아바마마, 오라버니에게 마지막 인사를 하고 싶어 이리 달려왔습니다."

"……."

리디아 황녀는 아버지 테토도르 팔라이고스 3세의 침묵을 암묵적인 허락으로 해석하고는 이내 오빠인 콘스탄트에게 시선을 돌렸다.

"잘 다녀오세요."

"걱정 마라. 기필코 성공하고 돌아오마."

콘스탄트는 일부러 자신의 두려움을 들키지 않으려고 목소리에 힘을 주었다.

리디아 황녀는 조용히 고개를 끄덕였다.

그녀의 눈가에서 어느새 눈물이 떨어지고 있었다.

"이제 가야 할 시간이다. 더는 지체할 수 없다."

황제가 자신의 딸과 아들을 번갈아 보면서 말했다.

"아……."

콘스탄트 팔라이고스는 자신도 모르게 입 밖으로 신음 소리를 냈다.

막상 의식이 시작된다고 생각하니 견딜 수 없는 두려움이 더욱 몰려왔다.

아니, 무언가 단단히 잘못될 것 같다는 느낌마저 그를 강타하고 있었다.

'아들아, 사랑한다.'

테토도르 팔라이고스 3세는 아들의 얼굴을 보면서 차마 평생 하지 못한 그 말을 속으로 되뇌었다.

어쩌면 이대로 평생 아들을 볼 수 없을지도 모른다.

아들이 성공하고 돌아오든 못하든.

그 자신은 언제 또 일어날지 모르는 전쟁에 나가 죽을 수도 있었다.

하지만 지금은 황제로서 위엄을 세우고 의식을 주도해야 할 때.

테토도르 황제는 자신의 아들에게서 시선을 돌려 사제들을 바라보면서 말했다.

"시작해라!"

황제의 명령이 떨어지자 사제들은 한순간에 품에서 마법 수정구를 꺼내 황태자의 주변에 놓기 시작했다.

7개의 마법 수정구.

7명의 사제들은 동시에 주문을 외우기 시작했다.

그러자 수정구에서 마력이 흘러나와 황태자의 발밑을 감싸서 올라가기 시작했다.

쌰사샤샤. 샤샤샤샤샤사.

콘스탄트 팔라이고스는 그 자리에 의연하게 서 있었다.

7개의 수정구에서 흘러나오는 마력은 그의 전신을, 묘한 압박감을 주면서 올라타고 있었다.

'정말 시작됐구나.'

오로지 그 생각만이 그를 지배하고 있었다.

부르르. 부르.

그 자신의 몸이 미세하게 떨렸지만 이것까지 어떻게 할 수는 없었다.

"폐하, 모든 준비는 끝났습니다. 그것만 주시면……."

7명의 사제 중 가장 우두머리인 듯한 사제가 황제를 향하여 조심스럽게 말했다.

'아버지, 제가 돌아올 때까지 꼭 옥체 보존하십시오.'

콘스탄트 팔라이고스는 속으로 황제를 보면서 말했다.

이제 가면 언제 돌아올지, 그 모든 게 미지수였기 때문이다.

게다가 그 역시 지그에논 제국을 둘러싼 현재 환경을 아주 잘 알기 때문이었다.

할 수만 있다면 황제에게 제대로 된 마지막 인사라도 하고 싶었다.

하지만 그의 전신은 마법 수정구에서 흘러나온 마력에 완전히 감겨 있었다. 목소리 하나 흘러나오지 않을 정도로 말이다.

"무거운 짐을 너에게 넘겨서 미안하구나."

테토도르 팔라이고스 3세가 아들을 향해 중얼거리듯이 말했다.

하지만 자신의 품속에 있는 그것을 꺼내는 데는 서슴지 않았다.

차원을 열어 준다는 전설의 수정구, 문 수정.

수정구의 겉면은 7가지 무지개 색깔로 빛나고 있었다.

문 수정을 처음 본 리디아 황녀의 눈이 동그랗게 커져 갔다.

황제는 불현듯 수정구를 리디아 황녀에게로 넘기고 싶어졌다.

계획에는 없는 일이었으나, 황제가 그 일을 하나 황녀가 하나 그 차이는 없었다.

"가서 저 마법진 안에 던져 넣거라."

"……."

리디아 황녀의 얼굴에서 순간 긴장의 빛이 떠올랐다.

자그마한 몸이 살짝 떨렸다.

하지만 그녀는 황제가 내민 수정구를 공손하게 받아 쥐고는 흔들림 없는 걸음걸이로 오빠가 있는 마법진으로 향했다.

저벅저벅.

리디아는 행여나 문 수정이 깨질세라 조심스럽게 들고는 오빠의 주변에 그려진 마법진 근처로 다가갔다.

콘스탄트는 여동생을 뚫어지게 바라보았다.

여동생의 얼굴을 모두 낱낱이 기억하고 싶었기 때문이다.

'왜 진작 더 잘해 주지 못했을까.'

콘스탄트는 금방이라도 울음을 터트릴 것 같은 리디아의 얼굴을 보면서 후회감에 사로잡혔다.

"오라버니……."

리디아는 다음 말을 잇지 못했다.

사적인 감정에 사로잡히라고 지금 이 자리에 선 것이 아니니깐.

황제가 원하는 건 황녀로서 담담하게 오라버니를 보내주는 일이니깐.

리디아는 문 수정을 그대로 마법진 안으로 던졌다.

휘이익.

화아아악.

샤샤샤샤샤아아샤싸싸.

문 수정이 던져진 마법진이 그 순간 빛을 내기 시작했다.

콘스탄트 팔라이고스를 감싸고 있는 무형의 그것에서도 빛이 났다.

실로 너무도 아름다운 광경이 아닐 수 없었다.

하지만 이것의 의미는, 또 한편으론 영원한 이별이 될지도 모른다는 것을 뜻했다.

"아버지, 리디아……."

콘스탄트 팔라이고스는 모든 힘을 쥐어짰다.

"오라버니, 안녕."

리디아 황녀가 그런 콘스탄트를 바라보면서 말했다.

제국의 짐을 양어깨에 모두 지고 그 숙명을 감당해야 하는 오라버니의 모습이 너무도 슬펐다. 할 수만 있다면 자신이 오라버니의 그 숙명을 대신 짊어지고 싶었다.

자신이 남자였다면… 그랬다면 가능성이라도 있었겠지.
리디아 황녀는 너무도 슬픈 눈으로 오라버니를 바라보았다.
'이제 끝이구나.'
황태자의 머릿속은 새하애졌다.
그의 의식 역시 점점 사라지고 있었다.
황제와 황녀, 그리고 7명의 사제는 그 광경을 애써 담담히 지켜보았다.
이 주문은 반드시 성공해야 한다.
이미 애초에 결정된 사항.
제국의 모든 것을 쏟아부은 단 한 방이었기 때문이다.
'예정대로 잘 진행되는군.'
황제는 빛나는 마법진을 보면서 그렇게 생각했다.
물론 아들을 떠나보내야 하는 아버지로서의 감정이 아주 없는 것은 아니었다.
하지만 그보다는… 지금 이것을 위해서 제국의 모든 것을 털어 넣었다.
그런 만큼 반드시 성공해야 하는 일이었다.
그것에 대한 안심이 그의 가슴속에서 피어오르고 있었다.
그랬다, 모든 일은 순조롭게 흘러갔다.
그래야 한다.
마법진은 더욱 투명하게 빛나더니 웅웅 진동 소리를 내

기 시작했다.

이제 곧 그들의 눈앞에서 황태자는 사라진다.

차원의 문을 열고 새로운 곳을 향하게 된다.

그런데… 딱 그때였다.

절대 있어서는 안 될 일.

전혀 예측할 수 없던 일이 벌어졌다.

마법진 주위를 둘러싸고 있던 사제들 중 하나가 불쑥 튀어나와 무형의 기운 속에 둘러싸인 콘스탄트를 향해서 단도를 날렸다.

휙!

"커헉!"

단도는 정확하게 콘스탄트의 심장 부근에 박혔다.

황태자의 입에서 단말마 비명이 터져 나왔다.

"오라버니!"

리디아 황녀는 황급히 마법진 안으로 뛰어 들어갔다.

"리디아, 네가 나 대신……."

콘스탄트가 자신의 손가락에 끼어 있는 반지를 힘겹게 빼면서 말했다.

정신을 잃어 가는 순간에도 마법을 완성시켜야 한다는 생각만이 그의 머릿속을 사로잡고 있었다.

"오… 라버니……."

리디아 황녀가 당황한 채 반지를 받아 쥐었다.

지금 상황이 어떤지 그녀도 잘 알고 있었다.

목숨이 오락가락하는 상황 속에서도 반지를 빼어 건네준 오라버니의 심정이 어떨지 누구보다 잘 알고 있는 그녀였다.

"시간이 없다, 리디아. 이렇게 된 이상 네가 대신 가라."

테토도르 황제가 다급한 목소리로 외쳤다.

그러고는 황급히 아들의 몸을 마법진 밖으로 빼냈다.

황태자에게 단도를 날린 사제는 다른 사제들에게 이미 제압된 상태였다.

하지만 그것이 중요한 게 아니었다. 지금 마법이 완성되고 있었다.

이것이 처음이자 마지막⋯ 제국의 영광을 부활시킬 수 있는 기회가 아닌가. 이 기회를 이렇게 날릴 수는 없었다.

제국의 모든 것을 쏟지 않았던가.

끄덕끄덕.

마법진 안에 홀로 덩그러니 남겨진 리디아 황녀는 아버지를 향해서 고개를 끄덕였다.

그리고 아버지의 품 안에서 여전히 피를 흘리고 있는 오빠 콘스탄트를 바라보았다.

무언가 말을 하고 싶었다.

하지만 목소리가 전혀 나오지 않았다.

'일이 어떻게 이렇게 된 거지?'

리디아의 머릿속이 복잡해져 갔다.

생각하지도 못했다. 그저 오라버니 가는 길을 직접 배웅하고 싶다는 마음 하나로 이곳으로 달려오지 않았던가.

그런데 뜻밖에도 그녀가 오라버니 대신 그곳에 가게 되었다.

물론 어렸을 때부터 오빠가 교육받는 모습을 무수히 훔쳐보았다. 그곳을 동경했고, 자신도 함께 갔으면… 하고 바라던 때가 수없이 많았다.

하지만 이런 식으로는 아니었다.

그녀의 앞에는 지금 피 흘린 채 쓰러져 있는 오빠의 모습…

아들을 감싸 안은 채 자신을 바라보는 아버지의 모습…

단도를 던진, 배신자를 에워싸고 있는 사제들.

눈앞이 흐릿해진다.

그들의 모습이 잘 보이지 않는다.

두렵다.

마음속 깊은 곳에서 공포감이 떠올랐다.

우우우우우웅.

우우우웅웅우우우우우.

팟!

3권에 계속

www.mayabook.co.kr

www.mayabook.co.kr

www.mayabook.co.kr